婚約破棄され捨てられるらしいので、軍人令嬢はじめます

雪

JN110256

23617

角川ビーンズ文庫

CONTENTS

セレスティーア・ロティシュ
軍事貴族ロティシュ家の令嬢。義妹・ミラベルに予言された未来を避けるため、ランシーン砦で軍人としての訓練を受けることに。
婚約破棄され捨てられるらしいので、軍人令嬢はじめます!
CHARACTERS

フィルデ・ロティシュ

セレスティーアの祖父。
元・国軍元帥。

バルド・ロティシュ

セレスティーアの父。
現・ロティシュ家当主。

ルジェ・ロティシュ

セレスティーアの叔父。
国軍大佐。

ミラベル・リットン

セレスティーアの義妹。
自称「この世界のヒロイン」。

フロイド・アームル

セレスティーアの婚約者。

ルドウィーク・オルセマ

ラッセル王国の
王太子。

レナート・オルセマ

ラッセル王国の
第二王子。

アルトリード・セーブル

ルドウィークの護衛騎士。

ロナ、リック

ランシーン砦の
新人教育係たち。

トム、サーシャ、ダン

ランシーン砦の
新入軍人たち。

本文イラスト／ノズ

第一章　令嬢やめます

豊富な資源、国土の面積の大きさは富を生み、たった数年ほどで他の追随《ついずい》を許さないほど軍事大国化したラッセル王国。

その国で、軍事貴族である伯爵《はくしゃく》家の一人娘《ひとりむすめ》としてセレスティーア・ロティシュは生を受けた。

貴族に序列があるように軍事貴族にも序列が存在し、国軍元帥《げんすい》を輩出《はいしゅつ》したロティシュ家は二大軍事貴族のひとつであり、序列のトップに位置している。

ロティシュ家は伯爵家でありながら貴族の序列で別枠《べつわく》として扱《あつか》われ、公爵、侯爵《こうしゃく》家と遜《そん》色《しょく》のない地位にある。この優遇措置《ゆうぐうそち》は、現国王陛下を前線と銃後《じゅうご》で支えた功績があってのこと。

そのような名家の跡継《あとつ》ぎである私セレスティーアは、両親にとても愛されて育ったごく普通《ふつう》の少女だった。子ども特有の我儘《わがまま》や癇癪《かんしゃく》はあったが、貴族令嬢として恥《は》ずかしくないよう自身を磨《みが》き、将来の夫や子との幸せで穏《おだ》やかな生活を夢見る少女……。

その平凡《へいぼん》な少女に転機が訪《おとず》れたのは母親が病で亡《な》くなった翌年、父親が後妻とその娘を屋敷《やしき》に連れて来た日だった。おっとりとした義母と愛らしい義妹《ぎまい》は、父親の親友であった男爵家当主の妻子であったが、新興貴族だったので世襲《せしゅう》ではなく爵位が子に相続されない一代貴族とされていたらしい。

それに、まだ幼い私の代わりに、伯爵家を取り仕切る女主人として居てもらえれば良いと。
疚《やま》しいことはなく、ただ当主が亡くなり途方《とほう》に暮れていた二人を引き取っただけ。

同情なのか、都合が良かったからなのかは分からないが、義母ソレイヤはとても優《やさ》しく母親代わりになろうと精一杯《せいいっぱい》努力してくれた。
そのため、母親が亡くなったばかりで内心は大荒《おおあ》れだった私も、彼女と打ち解けるのは早かった。

問題は、義妹だった。

私よりひとつ歳《とし》が下の義妹ミラベルは、お義母様《かあさま》の背中に隠《かく》れながら恥ずかしそうにはにかんで笑う大人しい少女に見えた。
そっと物陰《ものかげ》から私を窺《うかが》うミラベルの姿は小動物のようで、近くに寄って話し掛《か》ければ真っ赤になって下を向いてしまう。それに庇護欲《ひごよく》がそそられ、姉としてこの愛らしい義妹を大切にしようと決めた数週間後――。

仲良くなりたいからと初めて二人だけにしてもらった午後のお茶の時間、ミラベルは態度を豹変《ひょうへん》させた。

「今のうちにセレスティーアには言っておくわ。私はこの世界のヒロインなの。皆《みな》に愛されて、最後は王子様と幸せな結末を迎《むか》えるんだから！」

何が起きたのかと周囲を見回したあと視線を戻《もど》せば、腰《こし》に手を当ててツンと顎《あご》を反らすミラベルが……。

大人ぶっている子どものようで可愛《かわい》らしく、少し離《はな》れて控《ひか》えて居る侍女《じじょ》たちも頬《ほお》を緩《ゆる》めている。随分《ずいぶん》と夢見がちな少女なのだなと微笑《ほほえ》ましく眺《なが》めていれば、ミラベルは激しく癇癪を起こした。

テーブルをバンバン叩《たた》くものだから、ティーカップは転がり落ち音を立てて割れ、お菓《か》子《し》は振動《しんどう》で飛び跳《は》ねている。

「……まぁ」

それ以外に何と言えば良いのか。

厳しくマナーを躾《しつ》けられてきた私は、驚《おどろ》いて思考を停止させてしまった。

「なによ、その顔!?　私は、お、お義姉様《ねえさま》……なんかよりもずっと偉《えら》い立場になるのよ！」

お義姉様と口にしたときだけ少し小声でモジモジしていたけれど、やはりご立腹なのかミラベルは再びテーブルを叩きはじめてしまう。

「王族になるのだって夢じゃないんだから……って、頷《うなず》かないでよ！　信じていないでしょう」

大丈夫《だいじょうぶ》。このくらいの年頃《としごろ》の少女なら皆一度は王子様との結婚《けっこん》を夢見るものだ。

友人たちもお茶会で頬を染めながら同じようなことを口にしていたので、同意するように頷いたのだけれど失敗だったらしい。

「その顔が気に入らないの、って、怖《こわ》いから」

「あら……」

顔が気に入らないと言われたので表情を消せばそれも駄目《だめ》だと言うので、どうすれば良いのか分からず曖昧《あいまい》に笑って誤魔化《ごまか》すしかない。

ミラベルとの対話を諦《あきら》めた私は離れている侍女を呼ぼうと手を上げたのだが、正面から身を乗り出したミラベルに手を摑《つか》まれ阻止《そし》されてしまった。

「信じないなら、これからお義姉様に起きる事を予言してあげる」

王子様と結婚する予定のミラベルは、どうやら予言も出来るらしい。

困惑《こんわく》する私を余所《よそ》に、コホンと小さく咳《せき》を零《こぼ》し椅子《いす》に座り直したミラベルは、「先《ま》ず……」

と口を開いた。

「セレスティーアは来年七歳で婚約するわ。相手は侯爵家の次男フロイド・アームルよ」

我が家はお爺様《じいさま》のおかげで国王陛下から信頼《しんらい》が厚い名家。侯爵家の次男であれば、婚約者としては有り得るかもしれない。

けれど、婿養子《むこようし》として家に入ってもらう必要があるので長男は勿論《もちろん》、当主のスペアである次男は敬遠されがちなのに、どうやらミラベルの中では私とフロイド様の婚約は決定事《じ》項《こう》のようだ。

「でもね、フロイドは婚約者であるお義姉様ではなく私に恋《こい》をするの。家の為《ため》に婚約した彼は本当の恋を知って苦しみ、それを癒《いや》して支えるのが私なの」

「ミラベルはフロイド様のことが好きなの？」

「え、違《ちが》うわよ。何を聞いていたの！」

ミラベルの話はとても良く出来たロマンス小説のようで、もしかしたらそれに自分と好きな人を当てはめているのかと思って訊《き》いただけなのに怒《おこ》られてしまった。

「ミラベルは王子様と結婚するのよね？」

「そうよ」

「フロイド様は王族ではないし、どうしましょう？」

アームル侯爵家は現宰相《さいしょう》閣下も含《ふく》め何人もの宰相を輩出している。だから長男でなくても良い職に就《つ》き生活の心配はなく、もしかしたら領地を与《あた》えられ男爵になる可能性だってあるのだ。

けれど、いくらアームル家とはいえ王族にはどうしたってなれない。

溜息《ためいき》を吐《つ》くと、テーブルに散乱していたクッキーが顔に向かって飛んできた。

顔に当たる前にクッキーを手で摑みお皿の上へ戻し、振《ふ》りかぶった姿のまま唖然《あぜん》としているミラベルに首を横に振って見せた。食べ物で遊んではいけません。

「ど、どうもしないわ！　十三歳になったら王都の学園に通うことになるでしょ？　そこで私は王太子と運命的な出会いを果たすから」

貴族は皆、十三歳から十七歳までの間は王都にある学園に通うことになっている。それは王族であっても例外はなく、将来に備えての人脈づくりの場としても利用されているので、ある程度の家柄《いえがら》や優秀《ゆうしゅう》な者なら王族や上級貴族の学友となる可能性はあるのだけれど。

そもそも、運命的な出会いとはなんなのだろう？

学園の中とはいえ王族には護衛が付く。

王太子殿下《でんか》となれば予《あらかじ》め身辺調査を行い学友や側《そば》に置く人間を選別するので、そう簡単には近付けないのに歳も家柄も違うミラベルがどうやって？

疑問が顔に出ていたのだろう。スコーンの上にたっぷりジャムをのせ齧《かじ》りつくミラベルの眉間《みけん》に皺《しわ》が寄った。

「……ん、王太子は、私に一目惚《ひとめぼ》れするの」

唇《くちびる》に付いているジャムに気づかず、頰を膨《ふく》らませムグムグと口を動かすミラベルは確かに可愛い。幼女の愛らしさ的な意味では。

八年後、十三歳のミラベルに一目惚れをすると言われても、これから数年かけて国で一番の美女にでもならない限り無理な気がする。それなら誰《だれ》もが唸《うな》るほどの知識を身につけ側近候補として目に留まるという方が現実味がある。

「フロイドと王太子の他《ほか》にも、沢山《たくさん》の素敵《すてき》な男性が私に恋をするのよ」

恋は常識や理性をなくしてしまうものだと言われるくらいなのだから、婚約者ではなく義妹に好意を持つこともあるかもしれない。

でも、家の為に婚約するのだとしたら折り合いをつけ貴族としての義務を果たすべきだし、どうしても無理ならさっさと婚約を解消して私を巻き込まずに二人で支え癒し合えば良い。

王太子殿下に見初《みそ》められ……というのも、そんなものは絵物語の中だけ。

伯爵《はくしやく》家の養女であり、元の血筋が新興貴族の男爵家では末端《まったん》の側室が限界だろう。正式な妻は王妃様《おうひさま》で夫の隣《となり》に立つことはない。目的が婚姻《こんいん》ということであればそれでも構わないのかもしれないが。

まだ他にもミラベルは何か言っていたが、妄想《もうそう》は自由だと相槌《あいづち》を打ちながら呑気《のんき》にお茶を飲んでいた。


「彼がセレスティーアの婚約者だ」

朝から侍女に丁寧《ていねい》に磨《みが》き上げられ、室内用のドレスではなくもっと良質なドレスを着せられたので何かあるとは思っていたけれど、まさか婚約者との顔合わせだったとは……。

「フロイド・アームルです」

「セレスティーア・ロティシュです」

しかも、よりにもよってフロイド・アームル様。

お父様の対面に座って居るアームル侯爵《こうしやく》様とフロイド様に向かってカーテシーをすると、「とても綺麗《きれい》なカーテシーだ」と褒《ほ》めてくださった侯爵様に嬉々《きき》として娘自慢《むすめじまん》を始めたお父様。

それをこそばゆく感じながらも、私の対面に座るフロイド様をそっと観察した。

（歳《とし》は同じくらいかしら……？　男らしい侯爵様とは全く違い可愛《かわい》らしい容姿はお母様譲《ゆず》りなのかもしれない。笑《え》みを浮《う》かべ大人しく座っているので婚約することに不満はなさそうだけれど……）

貴族の婚約は双方《そうほう》の家柄と領地に齎《もたら》す利益によって結ばれると教わっている。

一度結ばれた婚約が破棄《はき》されることは稀《まれ》で、家が潰《つぶ》れるか相手が亡《な》くなった場合にのみ適応されるらしい。

先日ミラベルが言っていたことを思い出し、まだ話し続けているお父様を窺《うかが》った。

予言なんてものは信じていなかったが、こうしてフロイド様が婚約者として私の前に現れてしまった。お父様とお義母様《かあさま》が話していたのを偶然《ぐうぜん》耳にしたのでは？　とも思ったが、伯爵家当主が人払《ひとばら》いもせず娘の婚約者について話すとは思えない。

でも、だとしたらミラベルはどうやって情報を得たのだろう。

「もうすぐお誕生日ですね」

「……はい」

笑顔を保ちながら悶々《もんもん》としていたからフロイド様に話し掛《か》けられビクッとしてしまった。

「婚約披露《ひろう》は、セレスティーア嬢《じょう》の誕生日パーティーで行うみたいですよ」

「そうですか」

「セレスティーア嬢の瞳《ひとみ》は赤なので、真っ赤な薔薇《ばら》を持って行きますね」

「はい」

フロイド様が一生懸命《いっしょうけんめい》話し掛けてくれたのに、それどころではなかった私は曖昧な返事しか返せなかった。


そして迎《むか》えた七歳の誕生日パーティー。

婚約披露を終えた私は、真っ赤な薔薇のブーケを手にしたまま一人立っていた。

広間の中央では私の婚約者であるはずのフロイド様とミラベルが仲良く踊《おど》っている。


何が起きたのだろうか……？


フロイド様とファーストダンスを踊ったあと、ミラベルが「将来のお義兄様《にいさま》と踊ってみたい」と頬《ほお》を染めながらおねだりし、フロイド様は二つ返事でそれを承諾《しょうだく》してしまった。

婚約者の義妹《ぎまい》とはいえ異性であることには変わりなく、常識的に考えれば婚約したその日に婚約者以外の者と踊るなんて眉《まゆ》を顰《ひそ》められる行為《こうい》だ。

それなのに、お父様もお義母様も招待客も、皆《みな》が踊っている二人を微笑《ほほえ》ましく見守っている。

「ミラベルに……恋《こい》をした、とか……？」

まさかと否定してみるが、踊り終えたフロイド様は私のことなど忘れたかのようにミラベルと中央から離《はな》れ、使用人に飲み物を貰《もら》い二人で談笑《だんしょう》を始めてしまった。

「確か、ミラベルが癒《いや》して、支える……？」

唖然と立ち尽《つ》くす私に気付いたミラベルは、得意げに笑みを浮かべて見せた。

婚約披露から数ヵ月後――。

何度かミラベルをお茶に誘《さそ》いそれとなく会話の中で私に起こる未来を探《さぐ》った結果、とんでもない言葉が沢山飛び出し頭を抱《かか》えることになってしまった……。

『お義姉様《ねえさま》が学園に通っている間に、お義父様《とうさま》は私を溺愛《できあい》するようになるわ』

『お義姉様は学園で取り巻きを沢山引き連れて、まるで女王様のように振《ふ》る舞《ま》うの。王太子や第二王子に纏《まと》わりついて周囲から嫌《きら》われてしまうし』

『あとは、フロイドと仲の良い私に嫉妬《しっと》して虐《いじ》めるのよ』

『学園の卒業パーティーでは断罪イベントが……あ、婚約破棄《はき》のことね。王族からも睨《にら》まれちゃったから、お義父様はお義姉様を修道院に行かせるわ』


見て来たかのように事細かに語るミラベルが怖《こわ》くて仕方がなかった。

そのどれもが妄想ではなくこれから起こることなのだと言われ、前のときのように軽々しく相槌を打つことも、妄想だと聞き流すこともできない。

だって、度々《たびたび》我が家に訪《おとず》れるフロイド様は、私ではなくミラベルに会いに来ているようにしか見えないのだから。

微笑みながら私の恐《おそ》ろしい未来を語る義妹が、悪魔《あくま》に見えた。


婚約してから一年経《た》つも、私とフロイド様の関係は進展するどころか後退していた。

一月《ひとつき》に二、三度は婚姻前の交流を目的とし双方の家でお茶会を開き、観劇や音楽祭にも一緒《いっしょ》に行ったが、そのどれにも必ずミラベルが同伴《どうはん》していたのだから進展するわけがない。

何度か「何故《なぜ》、ミラベルも一緒なのですか？」とお父様に訊《たず》ねたこともあったが、返ってくる答えは毎回同じで「姉が好きで離れたくないそうだ」という意味の分からないもの。

お父様は姉妹《しまい》の仲が良くて嬉《うれ》しそうだが、現実が見えていないのだろうか？

お茶会の席はフロイド様とミラベルが並んで座り、私の席は二人の向かい。驚《おどろ》くことにこの座席の配置は観劇へ向かう馬車の中でも適用されていた。

そして、一年に一度ある音楽祭。

湖の側《そば》に建てられた王国音楽劇場で行われる大規模な催《もよお》しものは、成人前の子息や子女が両親と共に参加することが義務づけられている。その音楽祭の席も、まさかのミラベルを真ん中に挟《はさ》んで私とフロイド様が座ることに。背後に座っている両親に訊ねても無駄《むだ》なのだろうと、虚《うつ》ろな目をしながら音楽祭が早く終わることを祈《いの》っていた。


そんな奇妙《きみよう》な婚約《こんやく》生活が四年続き、十一歳になった私はとうとう我慢《がまん》の限界を迎えてしまった。

フロイド様とミラベルが小さなお茶会をしている庭園に向かい、アームル家の侍従《じじゆう》から渡《わた》された真っ赤な薔薇を茶器が載《の》っているテーブルへと投げつけた。

「いったい、どういうおつもりですか？」

べったりとフロイド様の腕《うで》に自身の腕を絡《から》めているミラベルをひと睨みし、驚いて口を開けているフロイド様に問いかけた。

「セレスティーア……、ど、どうとは？」

「そのままの意味ですが？　今日は婚約記念日だからと我が家へお越《こ》しくださったのではないのですか？」

「うん……だから、その薔薇を」

「本人からではなく、何故侍従から渡されたのでしょうか？」

「えっと……その……」

「本来であれば、こういった物は婚約者本人から手渡《てわた》すべき物です。それなのに、フロイド様はどうしてミラベルと一緒に居るのですか？」

徐々《じょじょ》に視線を下げモゴモゴと話すフロイド様を見ていると悲しくなる。

前はそうでもなかったのに、最近のフロイド様は私と目を合わせるだけでこのように委縮してしまうから。

「お義姉様？」

私が悪いのだろうか……と心が折れそうになったとき、ミラベルが悲しげに私の名を呼んだ。

「……何かしら？」

「フロイド様はお義姉様をお待ちしていたのですよ？　退屈《たいくつ》でしょうからと私がお話し相手になっていたのに、そのように責められてはお可哀想《かわいそう》です」

「私が言っているのは、プレゼントのお花が」

「直接手渡すのが恥《は》ずかしかったのではないでしょうか？」

「でも……」

「最近のお義姉様は少し怖いです」

「……え？」

「こんなに素敵《すてき》な薔薇の花束なのに、酷《ひど》いわ」

崩《くず》れた花束を大切そうに抱えたミラベルは、下を向いたままのフロイド様の顔を覗《のぞ》き込み微笑みを浮《う》かべた。

「お義姉様はフロイド様から直接貰いたいみたいですよ？」

「うん」

「悲しまないでください。お義姉様は最近ご機嫌斜《きげんなな》めなんです」

「ありがとう、ミラベル」

どうしてこうなってしまうのか……。

婚約したからには仲良くしたいと思っていた私の心を踏《ふ》みにじった元凶《げんきょう》二人に、一瞬《いっしゅん》で私は悪者にされてしまった。

「はい、セレスティーア」

「良かったですね。欲しかったのでしょう？　お義姉様」

婚約者から嫌々《いやいや》差し出された薔薇《ばら》の花束を受け取らないといけないのだろうか？

ほくそ笑《え》むミラベルの前で無様に花束に手を伸《の》ばすべきなのだろうか？

答えは否《いな》だ。

常識的に考えて私が言っていることは間違《まちが》っていないし、幾《いく》ら政治的な婚約だとはいえ無視され悪く言われるのはおかしい。私だけが我慢する必要などない。

お父様やお母様のように仲睦《なかむつ》まじく温かい家庭を築くのが夢だったのに……。


「要《い》らないわ。その薔薇も、フロイド様も」

フロイド様の手を払《はら》い、そのまま地面に落ちた花束を踏み潰《つぶ》した。


振り返ることなくその場を離《はな》れ自室に戻《もど》り、部屋の奥にある収納部屋へ入り綺麗《きれい》に整理されているドレスや宝飾《ほうしょく》類をひっくり返し、大きな鞄《かばん》に詰《つ》め込んでいった。狼狽《うろた》えた侍女《じじょ》がお父様の下《もと》へ行こうとするのを止め、夕食は自室に持って来るよう告げ、夕食後にお父様にお会いしたいと伝言を頼《たの》む。

そのままお母様が使っていた部屋へ向かい、いくつか思い出の品をハンカチに包んだあと、計画に必要なとある人物のもとへと急いだ。

「お父様、私、伯爵家《はくしやく》の令嬢《れいじよう》をやめて、お爺様《じいさま》の所へ行きます」

このままミラベルが予言した通りの未来になるなんて嫌《いや》。

お父様から見捨てられ、婚約破棄され王族から睨まれる……？

そんなもの黙《だま》って待つと思ったら大間違いだわ。

「令嬢を、やめる……？」

「はい」

やめるとはいえ身分を捨てるわけではない。伯爵家の一人娘《ひとりむすめ》で跡取《あとと》りなのだから、捨てようと思っても捨てられるものではないし。

ただ、これから先の歩む道を変えるだけ。

「父上は今、ランシーン砦《とりで》だぞ⁉」

「はい。そこへ向かいます」

普段《ふだん》は冷静沈着《ちんちやく》なお父様が、立ちあがった拍子《ひようし》に机に足をぶつけインクを零《こぼ》すのを眺《なが》めながらコクリと頷《うなず》いた。

「か、考え直してくれ！」

瞳《ひとみ》を潤《うる》ませながらギュッと私を抱《だ》き締《し》めるお父様の腕を叩《たた》き、もう決めたことだと首を横に振《ふ》る。私の決意は固い。お爺様への先触《さきぶ》れの手紙も、馬車や途中《とちゅう》立ち寄る宿の手配だって既《すで》に終えている。協力者はお父様の補佐《ほさ》をしている優秀《ゆうしゅう》な執事《しつじ》、ブラムだ。

今夜出立する予定だと口にすれば、絶対に放さないとしがみつかれてしまい、隅《すみ》に控《ひか》えているブラムと頷き合い出立日をずらすことにした。

翌日、まさか早朝から家を出ると思っていなかったお父様は玄関先《げんかんさき》で騒《さわ》ぎ、その騒ぎを耳にして駆《か》け付けたお義母様《かあさま》にお父様を押し付けお爺様の下《もと》へ旅立った。

ロティシュ伯爵家が国王陛下から信頼《しんらい》を得て重用されているのは、国軍の元帥《げんすい》を務めていたお爺様の功績によるものだ。

若くして即位《そくい》された国王陛下を支え、苦楽を共にしたという美談があるが、お爺様曰《いわ》くただの腐《くさ》れ縁《えん》で「あいつは問題児だ」とのこと。国の頂点に立つ人をあいつ呼ばわりできるのはお爺様だけだろう。

数年前に現役《げんえき》を引退したお爺様は隠居《いんきょ》先にランシーン砦を選び、今は後進の教育に力を入れているらしい。

曖昧《あいまい》なのは、お父様に本格的に領主の仕事を任せられるようになったと判断したお爺様がさっさと爵位を譲《ゆず》り、ランシーン砦に籠《こも》ってしまわれたからだ。

年に一度くらいは顔を見に領地へ戻って来てくれていたのに、隠居されてからはそれもなく、それでも私だけはお爺様と手紙の遣《や》り取りをしているのでお元気に過ごされているということは分かっていた。

因《ちな》みに後進というのは軍のことだけではなく、ロティシュ家の私兵も含《ふく》まれていたりする。

私兵を持つ貴族は極《ごく》一部の裕福《ゆうふく》な貴族か、軍事貴族と称《しょう》される者たちだけ。我が家は軍事貴族なので当然私兵を持っているのだが、三分の一は領地に、残りはお爺様が居るランシーン砦に待機させ有事の際に駆け付けることになっている。

国軍の砦に私兵を置けば私物化していると批判され処罰《しょばつ》されてもおかしくはないのに、そこはあのお爺様だからと皆《みな》が口を閉《と》ざしているのだと聞いた。

領地からランシーン砦までは馬車では六日。

ゆっくり向かいたいからと馬車を急がせず、長い旅路を楽しむ。

伯爵家の令嬢が数名の護衛と侍女を連れて六日も旅をすることなどほぼ……ではなく絶対にない。

これが許されるのは、元国軍元帥フィルデ・ロティシュの家紋《かもん》が彫《ほ》られている馬車を襲《おそ》うような者がこの国に一人もいないからだ。そんなことをすればロティシュ家だけでなく国を敵に回す可能性が高い。

　それでも危ないからとお父様から遠出は許されていなかったので、こうして領地を見て回ることはなかった。それは私付きの侍女も同様で、子爵家の出の彼女たちもこうして馬車で旅などしたことはない。これから長い時間、領地を離れお爺様が住む辺境の街で過ごすと説明したが、彼女たちは誰《だれ》一人として領地に残ることなく耐《た》えうる覚悟《かくご》を決め同行してくれた。お母様が直接選んだ人たちなだけあり、皆が私を妹のように想《おも》ってくれているからこうして寄り添《そ》ってくれる。

「もうすぐ到着《とうちゃく》するとは思いますが、何かお飲みになりますか？」

　ジッと見つめていたからだろうか、籠《かご》からコップを出す侍女に苦笑《くしょう》し頷く。

　侍女が用意している物は先程《さきほど》小さな村に寄ったときに買った甘い飲み物。果物を潰して水で薄《うす》めたそれは初めて口にするものだった。その村だけではなく、街や村によっては売っている物や好まれている物などが違い、気候や土地によって食している物が全く違っていて凄《すご》く驚《おどろ》いた。

「甘いわね」

「はい。ですが、凄く美味《おい》しいです」

「もっと外へ目を向けるようにとお爺様が仰《おっしゃ》っていたけれど、こういうことかしら？」

「お嬢様《じょうさま》は将来伯爵家を継《つ》がれますので、こうした経験は重宝されるかもしれません」

将来領地を治めるなら外へ出て見聞を広げるべきだと常々口にしていたブラムを味方にできたのは良かった。

ブラムはお父様の乳母《うば》の息子《むすこ》で、お婆様《ばあさま》の計らいでお父様とは兄弟のように育てられたという。貴族のようにマナーや教養、学術だけでなく、お爺様からは剣術《けんじゅつ》を、前執事からは内政だけではなく外政も学んだとても優秀な執事なので、お父様は彼に全幅《ぜんぷく》の信頼を置いている。

「ブラムのおかげね……」

外に出て様々なことを知れたのは大きく、これから私がやろうとしていることはお父様が決して逆らえないお爺様にしか頼《たよ》れないこと。

身内であっても甘くはなく、基本容赦《ようしゃ》がない。そんなお爺様を納得《なっとく》させ許可を得ることができれば、私の未来は明るいだろう……多分。

「お嬢様、そろそろですよ」

侍女に声を掛《か》けられ馬車の窓から大きな門を見上げた。

恐《おそ》らく、お父様は私がお爺様の下に身を寄せるのは一時的なものだと思っているだろう。恵《めぐ》まれた環境《かんきょう》で育った貴族の令嬢なら長くて数ヵ月、早くて数週間、不自由に耐えきれず、気が済んだら家に戻って来ると楽観視しているかもしれない。

そのほうが私としては嬉《うれ》しいのだけれど。

「大きな門ね……」

ランシーン砦に入るには先《ま》ず手前の街の門で身元の確認《かくにん》を受けなくてはならない。滞在《たいざい》先や日数、予定などを詳《くわ》しく訊《き》かれるが、これに関しては貴族であろうと平民であろうと変わらない。国境を護《まも》るランシーン砦に繋《つな》がる街なので、拒否《きょひ》や不敬だと騒いだところで軍が出て来て排除《はいじょ》されてしまうだけ。

私の場合はお爺様の下へ暫《しばら》く留《とど》まるつもりなので、砦へ確認を取ったあと真っ直《す》ぐランシーン砦の門の前へ通された。

「良く来たな」

馬車から降りると、砦の前には銀髪《ぎんぱつ》で赤い瞳という私と同じ色彩《しきさい》を持つ老年の男性が仁《に》王立《おうだ》ちしていた。

捲《まく》られた隊服の袖《そで》から見える肌《はだ》は日に焼け、如何《いか》にも軍人という筋肉に覆《おお》われている。無邪気《むじゃき》に笑いながら「……ん？　どうした？」と首を傾《かし》げるお爺様《じいさま》は常日頃《つねひごろ》から鍛《きた》えているからか、年齢《ねんれい》よりも大分若く見え、書類仕事ばかりのお父様よりも身体《からだ》が大きく健康的に歳《とし》を取っている。

「セレスティーア」

両手を広げているお爺様が右手の指をクイッ……と二度ほど折り曲げた。

意図していることは分かっているのだけれど、貴族令嬢らしく優雅《ゆうが》に淑《しと》やかにと気をつけて馬車から降り、微笑《ほほえ》みながら口を閉ざしている意味がなくなってしまう。

困ったわ……と眉《まゆ》を下げるが、お爺様はお構いなしで、期待に満ちた眼差《まなざ》しを向けられてはどうしようもない。

それに、淑女《しゅくじょ》教育やマナーなんて今は必要ない。私は王都の学園に入るつもりがないのだから。

「大好きなお爺様、お会いしたかったです！」

護衛や侍女《じじょ》、砦《とりで》の前に立って居る者たちに見守られながらダッと駆《か》け出し、お爺様の広い胸の中へ飛び込んだ。

砦の存在は知っていたが訪《おとず》れるのは初めてで、極寒《ごっかん》の地という土地柄《とちがら》春先だというのに此処《ここ》はまだとても寒い。軍の関係者用に造られた街は小さいと聞いていたが、思っていたよりも大きく活気があり発展していたし、砦の中は広く王城とまではいかないが用途《ようと》によって各区画にわけられきちんと整備されている。

「……うっ！」

石積みの城壁《じょうへき》にある門を潜《くぐ》り抜《ぬ》けお爺様の後ろを歩きながら周囲を見回していれば、立ち止まったお爺様の背中にベシッ……と顔をぶつけてしまった。

内装は全体的に淡《あわ》い色合いで、この部屋だけを見れば砦の中だとは思えない。

客室なのか、暖かくされた室内には貴族の家と遜色《そんしょく》ない高価な調度品が置かれている。

階段を上がった先にある扉《とびら》を指され、護衛と侍女を連れて部屋に入った。

「埃《ほこり》を落としてくるから、その部屋で待っていろ」

「はい。すみませんでした」

「珍《めずら》しいのは分かるが、転ぶぞ？」


――コンコン……。


ソファーに座り大人しく待っていると数度扉が叩《たた》かれたので返事をする。

侍女が開けた扉の向こうに立って居た人を目にし、緊張《きんちょう》が解け嬉しさが込み上げた。

「ルジェ叔父様《おじさま》！」

「久しぶりだな。父上が戻《もど》るまで俺とお茶でもしていよう」

「まぁ、叔父様がお持ちくださったのですか？」

「可愛《かわい》い姪《めい》の為《ため》だ。ようこそ、ランシーン砦へ。暫く見ないうちに大きくなったなぁ……」

紅茶とお菓子《かし》を持って現れたのはお父様の弟であるルジェ叔父様だった。

慌《あわ》てる侍女を片手で制し慣れた手つきでテーブルのセッティングをした叔父様は、私の隣《となり》に腰《こし》を下ろし微笑みながら頭を撫《な》でてくれる。

「お爺様も叔父様も全然顔を見せに来てくれませんから」

「父上の暴走を押さえるのが俺の仕事だから、此処を離《はな》れるのは厳しい。それに長年此処で暮らしていると王都が怖《こわ》くなる……！」

両手で肩《かた》を押さえながら怖いと口にする叔父様が可愛らしくて思わず笑ってしまった。伯爵家《はくしやく》でありながら騎士《きし》ではなく軍人となったお爺様も叔父様も、仕事に誇《ほこ》りを持ち楽しく過ごしているのだろう。

説得しなくてはならない人が二人に増えたことに内心頭を抱《かか》えながらも、お爺様が戻るまでどう話そうかと考えていた。

「待たせたな……って、ルジェも居たのか」

ノックもなしに開かれた扉に叔父様が文句を言う間もなく、お爺様が濡《ぬ》れた髪《かみ》をタオルで拭《ふ》きながらテーブルの上に置いてあるクッキーを摘《つ》まむ。

「父上……いくら身内とはいえ淑女の前です。シャツくらいは着てください」

「面倒《めんどう》だろ。暑いし、な？」

お爺様から同意を求められ苦笑しながら頷《うなず》くが、お風呂上《ふろあ》がりだとしても決して暑くはなく、寧《むし》ろ湯冷めして風邪《かぜ》を引かないか心配なほどだ。

「訓練中に門番からセレスティーアの身元確認の伝令が来て抜けたから汗《あせ》を流していなかったんだ。悪いな」

「いえ」

私は大丈夫《だいじょうぶ》だと首を左右に振《ふ》るが、ルジェ叔父様は「老人の半裸《はんら》なんて誰《だれ》も見たくない」と呟《つぶや》き顔に濡れたタオルを投げつけられていた。それが合図となったのか、そのままソファーに置かれているクッションを掴《つか》み投げ出す親子。目の前で小さな喧嘩《けんか》が始まった。

「誰が老人だ！」

「誰って一人しかいないでしょうが！　目に毒なので早く服を……ぶっ⁉」

鍛えられたお爺様の身体には所々に傷痕《きずあと》があり、目を細めなくては分からないほど薄《うす》いものもあれば、剣で斬《き》られた痕《あと》だとハッキリと分かるものもある。

軍人故《ゆえ》のものなのか……過酷《かこく》な仕事なのだと改めて認識し、決心が鈍《にぶ》る前に話してしまおうと二人に声を掛けた。

「お爺様、ルジェ叔父様、大切なお話があります」

「大切な話？　その顔だと、あまり良いことではなさそうだが」

投げ返されたタオルを肩に掛けソファーに身を沈《しず》めたお爺様と、少し髪が乱れたルジェ叔父様からの視線が突《つ》き刺《さ》さる。

「セレスティーアからの手紙が届いたのは昨夜だ。で、その翌日の昼には街に入っていた。事前に準備していたか、それとも逃《に》げ出すように家から出て来たのか……」

「俺も驚《おどろ》いたよ。領地からだとしても此処に来るまでにかなり距離《きょり》があるだろう？　まさか昨日の今日で到着《とうちゃく》するとは思いもしなかった」

家出だと思われているのだろうか……。

まぁ、確かに家出のようなものに近いとは思うのだけれど。

「お手紙を出して直ぐに出発しましたから」

「よくバルドが許したな……」

「お父様にはきちんとお話ししてあります。ですが、此方《こちら》に滞在《たいざい》するのは長くても一月《ひとつき》程度だと思っているかもしれません」

「待て、暫《しばら》く滞在すると手紙にはあったが、いつまでの予定でいるんだ？」

「そうですわね……」

右手を持ち上げ、ゆっくりと指を折り曲げていく。

四本目の指を曲げた辺りで若干《じゃっかん》嬉《うれ》しそうだったお爺様の顔色が変わり、私の隣に座るルジェ叔父様から「……え？」という声が聞こえた。

そっと手を戻し、真っ直ぐお爺様の顔を見ながら口を開く。

「ざっと、六年くらいでしょうか」

「……あぁ？」

「六年……え……？」

天井《てんじょう》を見上げるお爺様と両手で顔を覆うルジェ叔父様。

無言になってしまった二人を横目に、冷めてしまった紅茶と美味《おい》しそうなお菓子へ手を伸《の》ばす。

気力を補給すべくクッキーを齧《かじ》っていたら眉を顰《ひそ》めたお爺様と目が合い、そのままスッと視線を逸《そ》らされ溜息《ためいき》まで吐《つ》かれてしまった。

幾《いく》らお爺様とはいえ、六年も此処に滞在すると言われたら呆《あき》れもするだろう。心の中で謝罪しながら三枚目のクッキーを狙《ねら》っていると、ルジェ叔父様から「今は止《や》めておこうか？」と伸ばした腕《うで》を下ろされてしまう……。

「菓子を食いながら話すような内容じゃないと思うのは、俺だけか？」

「いえ、俺もそう思います」

え、お菓子……？　と驚きながらハンカチで口元を拭《ぬぐ》い、何事もなかったかのように姿勢を正した。

「やはり家出だったか」

「家出ではありませんよ？　お父様と執事《しつじ》が護衛や侍女を手配してくれたのですから。それに、六年後には家に戻るので」

「その六年はどこから出てきた？　何があったのか隠《かく》さず説明しろ」

少し悩《なや》んだあと、先《ま》ずはまだ当時五歳であったミラベルが私の恐《おそ》ろしい未来を予言したことから話し始めた。

婚約《こんやく》する年齢《ねんれい》からその相手まで当主しか知らないことを言い当て、全く信じていなかった予言は妄想《もうそう》や冗談《じょうだん》だと笑って済ませられるものではなくなり、婚約者との現状の関係を踏《ふ》まえ自身の将来を考えた結果家を出る決断をしたのだと、都度質問を受けながら長い説明を終える。

「意味が分からないことだらけだな」

顎《あご》を撫でながら暫く無言で思案していたお爺様《じいさま》が、「順を追って確認《かくにん》していく」と口にした。

「義妹《ぎまい》のその予言とやらは、婚約者、学園、卒業後、そこまでだな？」

「私は修道院へ送られるらしいので、そこで終わりなのかと思います」

「でだ、今のところ予言が当たっているのが婚約者に関してのことか」

「はい」

「偶然《ぐうぜん》だと……そう言ってやれたら良かったが確証がない。他《ほか》で確かめるにしても実際に学園に通ってみなければ分からないことだしな」

「学園でのことはセレスティーアが予言の通りに行動しなければ良い話では？　卒業する

までは目立たず過ごし、王族と義妹からは距離を取るとか」

関《かか》わらず大人しくしているのが一番なのだけれど、それができないから困っているのだとルジェ叔父様に向かって首を横に振る。

「私の婚約者はアームル侯爵《こうしやく》家の子息なのですよ？　学園に入る年には王太子殿下《でんか》を除き彼より階級の高い方たちは皆《みな》卒業していますし、私は次期伯爵家当主です。ですから必然的に私が最大派閥《はばつ》を纏《まと》めることになるのです」

私の入学から一年後にミラベル、その翌年には公爵家の令嬢《れいじょう》や侯爵家の子息が入ってくるが、それでも学園での私の立ち位置は変わらない。

「貴族の縮図と称《しょう》される学園での立ち位置はそのまま社交界に反映されます。私は女性当主となるので積極的に交流する必要がありますから、学園でただ大人しく静かに過ごすわけにはいきません」

政治は男性、社交は女性と決まっているが、私はそのどちらにも同志が必要なのだ。

「それに、貴族は血統関係のない者、階級が低い者を嫌悪《けんお》し認めません。もしミラベルが入学後もフロイド様の側に立ち、殿下や他の子息たちに好意を寄せられれば、令嬢たちから顰蹙《ひんしゅく》を買い攻撃《こうげき》対象となります」

「セレスティーアでなくても、他の令嬢たちが勝手に義妹を攻撃するということか」

「私の派閥の者たちがミラベルに攻撃するようなことがあれば、それを制御《せいぎょ》できなかった私の罪になるのでしょうね」

ある意味取り巻きを引き連れた女王様というのも間違《まちが》いではない。派閥を纏める為《ため》には学園内で定期的にお茶会や集まりを計画し交流する必要があるから。

「義妹は避《さ》けるとして、問題は王太子と第二王子だな」

「王太子殿下は私と、第二王子殿下はミラベルと同じ歳《とし》でしたよね？」

「歳は近いが王族だからな、そう関わるようなことはないと思うが……」

言葉を切ったお爺様に眉《まゆ》を寄せると、前髪《まえがみ》をかき上げ宙を見上げたお爺様が唸《うな》り声を上げた。

「先日、国王が砦《とりで》に逃げ……視察に来た。そのときに、互《たが》いの家の子どもたちも親友のような関係になることを願っているとか阿呆《あほう》なことを口にしていたんだが……。まさかとは思うが、息子《むすこ》たちに同じようなことを言い含《ふく》めていないだろうな」

「だとしたら、セレスティーアは嫌《いや》でも殿下たちと関わることになるのでは？」

お爺様は兎《と》も角、会って挨拶《あいさつ》すらしたことのない王太子殿下にどう纏わりつくのかと思っていたら、思わぬところに落とし穴があった。

「無視するか……」

「それが許されるのは父上だけですよ」

挨拶はするし、話し掛《か》けられれば答えなくてはならない。殿下たちのことを迷惑《めいわく》だと感じる者は居《お》らず、寧《むし》ろもっと親しくなりたいと思う者がほとんどだ。

「無視することも追い払《はら》うこともできませんし、親しくすることも避けたいところです」

王太子殿下や第二王子殿下に気に掛けられ頻繁《ひんぱん》に話し掛けられでもしたら、それを気に食わない者たちが「王族に纏わりついている」という噂《うわさ》を流すかもしれない。

「だが、何があろうとバルドが愛娘《まなむすめ》を修道院に入れるとは思えないが？」

「私もお父様がそのようなことをするとは思っていませんが……」

この四年間お父様は何もしてはくれず、何故《なぜ》だと訴《うった》えても軽く流されてしまい、私は諦《あきら》めることを覚えてしまった。だからか、お父様を信用できないでいる。

「婚約者と義妹については、バルドもアームル家も傍観《ぼうかん》か」

「兄上は何を考えているのだか」

「何も考えていないな。何せ、バルドはそっち方面に関してはポンコツだ」

緩《ゆる》く首を左右に振《ふ》ったお爺様が憐《あわ》れむような目で私を見たので首を傾《かし》げた。

「俺が早々に爵位を譲《ゆず》ったのは、バルドがそれだけ優秀《ゆうしゅう》だったからだ。幼い頃《ころ》から何をさせてもそつなくこなし、周囲の人間の使い方も上手《うま》い。まぁ、剣術《けんじゅつ》の才能だけはなかったがな」

「俺の目から見ても兄上は完璧《かんぺき》な人でしたが？」

「完璧？　バルドがリュミエと結婚した理由を覚えていないのか？」

「……あ！」

私と同じく首を傾げていたルジェ叔父様《おじさま》が声を上げた。

リュミエとはお母様のことだが、どうかしたのだろうか？

「お父様とお母様は政略結婚ではないのですか？」

「違う。学園で一目惚《ひとめぼ》れをしたと言っていたな……リュミエが」

「お母様が？」

「あぁ」

両親の仲はとても良く、お母様が寝込《ねこ》んでいた時期はお父様が仕事を放《ほう》って寄り添《そ》っていたので、よくお母様が怒《おこ》っていたのを覚えている。だからお父様ではなくお母様が一目惚れしたというお爺様の言葉に思わず訊《き》き返していた。

「婚約者というのは、大抵《たいてい》は学園に入ったあと成人するまでの間に話が上がるものだ。セレスティーアは早過ぎるが、バルドは学園を卒業してからでいいと言い張っていたから遅《おそ》いぐらいだったな。頑《かたく》なに婚約の話を蹴《け》る息子が、卒業前に婚約すると口にしたときはどれほど驚《おどろ》いたことか」

「では、お父様もお母様に一目惚れをしたのですか？」

「……いや、あれは外堀《そとぼり》を埋《う》められ囲い込まれたな」

「あぁ、そんな感じでしたね。あのとき兄上は責任がどうのと慌《あわ》てていましたし」

どうやらお母様は計画的にお父様を手に入れたようだ。

お爺様やルジェ叔父様が言うには、お母様は常にお父様の側《そば》に張り付き学園中に交際していると匂《にお》わせ、その所為《せい》で成人する歳に行われる社交界デビューでエスコート役がいないと訴えお父様にエスコートしてもらったらしい。

友達だから当然だと言い張るお父様に呆《あき》れながら様子を見守っていれば、「バルドの所為で婚約者ができない」とお母様に泣きつかれ責任を取って結婚することにした……と。

「お父様は、お馬鹿《ばか》さんなのですか？」

人を使って情報操作することくらい貴族では当たり前のこと。

社交界デビューでのエスコート役は婚約者がいなければ家族や親族に頼《たの》むものだし、婚約者のことだってお父様が責任を取る必要はない。

完全に狙《ねら》われていたのに、どうしてお父様は気付かなかったのかしら？

「お馬鹿さんか……まさにその通りだが、言っただろう？　バルドは優秀だったが、完璧ではない。あいつは心の機微《きび》に疎《うと》い……というよりも壊滅《かいめつ》的だ」

「それなのにどうして優秀という評価になるのですか？」

「貴族と一括《ひとくく》りにされているが、立場によって見方は変わる。国の中枢《ちゅうすう》にいる官僚《かんりょう》は優秀なことはもとより心の機微に敏感《びんかん》でなくてはならない。互いに腹を探《さぐ》って如何《いか》に利益を貪《むさぼ》り蹴落《けお》とすかの勝負だからな。バルドは官僚であれば劣悪《れつあく》と評価されるだろう」

「学園を卒業したあと、爵位を継《つ》ぐ者たちは皆一度中枢に取り込まれると聞きましたが」

「あぁ、だからバルドには成人前から領主の仕事を覚えさせ卒業と同時に爵位を譲った。優秀な領主とは領地を発展させ民《たみ》を飢《う》えさせない……これさえできればいいからな」

「領主としては問題ないのですね」

そもそも完璧を求められていないのだろう。

「兄上だけじゃなく中枢から離《はな》れている貴族は皆そのような者たちばかりでは？」

「まぁ、少なくはないな」

「ルジェ叔父様は？」

「俺は父上と同じく学園ではなく軍学校出身だ。貴族のような考え方ではやっていけないし、卒業後は軍に入ったから周囲には貴族よりも平民のほうが多い。だからか、思考は平民寄りだな」

騎士《きし》になるには学園の騎士科を卒業しなくてはならないが、軍人に関しては特に規定がない。だからルジェ叔父様は軍学校を卒業したあと軍に入ったのだと思っていた。

「何か違うのですか？」

「貴族は基本的に自分優先。他者の立場に立ってものを考えることもなければ、寄り添うこともない。そう教育されているから。だが、平民は違う。自分優先、無関心、目に見えているものだけを信じていたら生死にかかわる。だからこそ支えてくれる人や友、家族を殊《こと》の外大事《ほか》にする。身分や世間体《せけんてい》が一番の貴族とは違うだろう？　父上に忠告され分かっていたつもりではいたが、差を埋めるのにかなり苦労した」

「どうして学園ではなく軍学校へ入られたのですか？」

「うちが、軍事貴族だからだ」

軍学校を出ていなくても軍人にはなれる。軍の上層部を狙うなら軍学校を卒業する必要があるかもしれないが、ルジェ叔父様が言ったようにロティシュ家は軍事貴族であり、身内に元帥《げんすい》が居るのだからその点を考慮《こうりよ》すれば他《ほか》の貴族よりは出世ができると思う。だから敢《あ》えて辛《つら》い道を選ぶ必要などなかったのではと思い訊いたのだ。

「戦争が起これば最前線に立つのは軍人だが、陣頭《じんとう》指揮を執《と》るのは軍事貴族だ。ロティシュ家だと、ルジェが指揮を執ることになる。戦場で采配《さいはい》を振るには意思伝達が求められるが、軍人というものを知らなければ碌《ろく》に動かせず敗退する。逆にバルドは後方支援《しえん》を受け持つ。物資、武器、兵を送るにはかなりの資金が必要だ。その資金集めができなければ前線が押され、王都防衛戦に切り替《か》わる。ここまできたら敗戦間近だな」

「要は適材適所。兄上と俺とでは求められている役割が違《ちが》う。セレスティーアの代は俺の息子たちが前線に出ることになる」

軍事貴族の当主に求められるものは領地を発展させ資金を得ること。他の兄弟たちは軍人となり采配力をつけること。

では、お爺様《じいさま》は？

四人兄妹《きょうだい》だったが男児はお爺様一人だけ。当主となることは決まっていたのに軍学校に入り、軍人となったあとは領主を兼任《けんにん》し、国王陛下の補佐《ほさ》までしていた。

そんなことも、可能なのだろうか？

「それでだ、あのポンコツがセレスティーアの現状に気付くと思うか？」

「兄上なら気付かないかもしれませんが……。姉の婚約者《こんやく》に対する接し方について義妹《ぎまい》が何も理解していないだけでは？　男爵《だんしゃく》家の者だったのなら教育が行きとどいていない可能性もあります」

「いや、セレスティーアの話が本当なら意図的だろう。だが、ポンコツなら兎も角アームル家も傍観とくれば、義妹には協力者がいるはずだ」

「協力者ですか？　まだ幼い子どもの戯言《たわごと》を信じる者などいますかね？」

「両家の大人を、その幼い子どもが一人で画策し欺《あざむ》くなんてことは不可能だ。アームル家は侯爵《こうしゃく》家だぞ？　フロイドが次男だからといって好き勝手させるわけがない。階級が高ければ高いほど体面を気にするものだからな」

ミラベルの周囲に協力してくれる人など居るのだろうか？　と考え、背筋に冷たいものが走った。

視線を泳がせる私にニヤッと笑ったお爺様が「気付いたか？」と言う。

気付きたくなかった……！　寧《むし》ろ、何故《なぜ》気付かなかったの、私⁉

「バルドを説き伏《ふ》せることは簡単だ。領主の仕事で忙《いそが》しいだろうから、セレスティーアに関しては同じ女性だからと任せていそうだしな。アームル家もバルドが納得《なっとく》しているのであればと、勘繰《かんぐ》ることなく今だけのことだろうと黙《だま》る。いや、俺の息子《むすこ》だから黙るしかないと言う方が正しいか」

「父上、協力者とは誰《だれ》のことですか？」

ルジェ叔父様は一度しか会ったことがないから顔すら覚えていないかもしれない。

「ルジェは分からないか？　亡《な》き夫の親友だからと恥《はじ》も外聞もなく格上の伯爵《はくしゃく》家に縋《すが》り、何も望まないと言っておきながら今では女主人の真似事《まねごと》をしている奴《やつ》がいるだろうが」

「やはり。お義母様《かあさま》のことなのですね……」

「兄上が面倒《めんどう》を見ている例の女性のことですか？」

両手で顔を覆《おお》いながら項垂《うなだ》れ、優《やさ》しくて思いやりのある素敵《すてき》な人だと思っていたのに⁉と心の中で叫《さけ》んでいた。

「俺があの家に寄りつかなくなったのは、あの女の所為でもあるからな」

「え、もしかしてあの話は冗談《じょうだん》ではなかったのですか？　こんな年寄り相手にまさかと思って笑い飛ばしてしまったじゃないですか！　何故、兄上から離さなかったのです⁉」

「いい歳《とし》をした息子の面倒を何故俺が見なくてはならない？　それにな、バルドには何を言っても無駄《むだ》だ。親友の忘れ形見がどうのと、あの親子を引き取るとき物凄《ものすご》い勢いだったぞ？」

「兄上、友達少ないですからね……」

「で、誰が年寄りだ？　もういっぺん言ってみろ……！」

「うわぁ！」

お爺様とお義母様との間に何があったのかは分からないが、お爺様がここ数年ほど全く顔を見せに来てくれなかったことには理由があったのだ。

爵位を譲《ゆず》った時点で前当主であっても家のことに口を出す権限はなくなる。稀《まれ》に口を出すような者もいるが、そういった家は当主が未熟だという烙印《らくいん》を他家から押されてしまう。

だから敢えて距離《きょり》を取っているのだと思っていたのに。

「セレスティーア」

「はい」

「お前が望むのであれば義母も義妹も排除《はいじょ》してやるが、どうする？」

お爺様から探るような眼差《まなざ》しを受けながら、私は首を左右に振《ふ》った。

あの親子を引き取ると決めたのは当主であるお父様で、次期当主とはいえ子どもである私にはまだ何の権限もなく、それは前当主であるお爺様も同じ。

だからお爺様が動くとなったら、あらゆる者が逆らうことのできない権力者を使い排除するつもりなのだろう。

頼《たよ》ったほうが楽だ。

けれど、それをしてもらえば我が家は他家から侮《あなど》られることになる。それは私が当主となったときに如実《にょじつ》に表れ、軍事貴族としての役割を果たせなくなるかもしれない。

恐《おそ》らくこの提案を受けたらお爺様はルジェ叔父様《おじさま》の息子のうちどちらかを当主として推《お》すだろう。だから答えはひとつだけ。

「お断りします。敵前逃亡《とうぼう》ではなく、戦略的撤退《てったい》ですので」

こういう考え方お好きですよね？　と微笑《ほほえ》むと、お爺様は怖《こわ》い顔をしたまま深く重い溜《ため》息《いき》を吐《つ》いた。

「誰に似たんだ……」

気だるげにソファーに寄り掛《か》かったお爺様に、もう一押しだと言葉を続ける。

「貴族の子息、子女の学園への入学は国で決められているものです。拒否《きょひ》は許されません。それを回避《かいひ》する方法は、起き上がれないくらい病弱か、他へ入学するかの二つだけ。ですので、私は軍学校へ入ろうと思います」

「……そうきたか」

学園に通えば否応《いやおう》なしにミラベルの予言通りになってしまう気がする。だったら学園に入学しなければ良いと、そう決めたから此処《ここ》へ来た。

正面に座るお爺様から注がれる圧が凄《すさ》まじく、隣《となり》で相槌《あいづち》を打ってくれるルジェ叔父様がいなければ口を閉じていただろう。黙ったまま私から視線を逸《そ》らさないお爺様に向かって焦《あせ》りを表に出さないよう表情を取り繕《つくろ》って説明を続ける。

「軍学校は王都の学園と同じく四年制ですから、卒業するまでこの土地から離《はな》れないとなると、滞在《たいざい》予定が六年となりますね」

「いや、兄上が許さないだろう？」

「ポンコツだと言われているお父様でしたら、軍学校へ入学する直前まで騙《だま》しきります。入学してしまえばお父様であってもどうにもできませんし」

軍学校の入学を取り消したところで期限までに手続きを行っていなければ学園に入ることはできない。

「それに、軍人には女性も居ると聞きました」

「女性軍人は皆《みな》平民だ。男性には貴族も多少は居るが、学園に通わせる資金を用意することができない下級貴族の次男や三男だ。セレスティーア、貴族の子女で軍学校に入る者は一人も居ない」

「ですが、資金がないと言うのであれば下級貴族の子女はどうしているのですか？」

「貴族の子女には国から援助《えんじょ》金が、平民には特別制度が設けられている」

そんな制度があるのかと頷《うなず》きながらも、貴族の子女が一人も居ないという理由で進路を変えるつもりはない。

「いいか、セレスティーア。軍学校に入れば手のひらは固くなり、真っ白な肌《はだ》はあっという間に真っ黒だ。手足には筋肉がつき、ドレスは着られなくなるんだぞ？　成人のデビューはどうするつもりだ？　笑い者になる……って、その顔は諦《あきら》めるつもりはないな」

私の説得に失敗し項垂れるルジェ叔父様には悪いけれど、このままでいてもいずれは笑い者になってしまう。

だって、十五歳で行う社交界デビューでフロイド様が私をエスコートしてくれる確証などなく、もうその頃《ころ》にはミラベルも学園に入学しているので、もし予言がまた当たれば婚約者を義妹に取られた情けない姉という立ち位置になっているだろうから。

「父上、黙っていないで何とか言ってください」

「セレスティーアは昔から軍人に憧《あこが》れていたからな……」

「そうですよ。将来軍人になりたいと言って木剣《ぼっけん》を振り回すようになったから、リュミエ義姉《ねえ》さんが淑女《しゆくじよ》教育を早めたんです」

私はあまり覚えていないが、幼い頃はお爺様《じいさま》に憧れ軍人ごっこをしていたらしい。

お爺様も面白《おもしろ》がって私を鍛《きた》えようとしていたらしく、焦ったお母様によって厳しいと有名だった教師をつけられた。

「父上にそっくりなセレスティーアの将来を心配されていましたよね」

お父様もルジェ叔父様も、銀ではなく灰色よりの髪《かみ》色で、瞳《ひとみ》の色も真っ赤ではなく薄《うっす》らと赤いだけ。家族や親類の中で、私一人がお爺様の色彩《しきさい》を色濃《いろこ》く受け継《つ》いだので周囲の人たちに色々と危機感を与《あた》えたようだ。

「私には剣術の才能があるのだと、そう仰ったのはお爺様なのでしょう？」

「才能があっても努力しなければ意味がない。王都の華《はな》やかな騎士《きし》とは違《ちが》い、軍人は鍛え抜《ぬ》いた男であっても過酷《かこく》だと言われる環境《かんきょう》だ」

お爺様の言葉に頷き同意を示すルジェ叔父様を横目に、先程《さきほど》よりも圧がなくなったお爺様を窺《うかが》う。

「だが、セレスティーアは軍人になりたいとは言っていない。軍学校に入りたいだけなのだろう？」

「はい」

「それなら、本人の意思を尊重してやれば良い」

「父上!?」

「叫ぶな、煩《うるさ》い。まだ話は終わっていないだろうが。軍学校が何処《どこ》にあるか、分かっているな？」

「ランシーン砦《とりで》のために造られた街トーラスです」

「そうだ。此処はどの砦がある街よりも人の生死を目にする機会が多い。今は戦争中じゃないが、小さないざこざは日常茶飯事《さはんじ》だ。もしこの砦や街が襲《おそ》われるようなことがあれば、軍学校に通う生徒たちは軍人見習いとされ戦場に出ることも、街の警護に就《つ》くこともある。当然怪我《けが》を負うこともあるが、覚悟《かくご》の上だな？」

低く重い声で問われた最後の言葉に躊躇《ためら》うことなく頷く。

怪我で傷痕《きずあと》が残るようなことがあれば貴族の女性にとっては致命傷《ちめいしょう》となり、婚姻《こんいん》はおろか婚約破棄《はき》だって有り得る。だからこそお爺様は私に確認《かくにん》したのだろう。

でも、婚約中である今のような関係がこの先も続くのだとしたら、怪我でもして婚約をなかったことにしてもらったほうがまだ幸せかもしれない。私だけが不利益を受けあの二人を喜ばせることになるのは癪《しゃく》だから絶対にしないけれど。

「軍学校に入るのはミラベルの予言回避の意味もありますが、私の将来にも関係しているからです」

「セレスティーアは当主となるのだから、父上や俺のように軍学校に入る必要はない」

「いいえ、そうではなく。お婆様《ばあさま》が、夫は物理的に躾《しつけ》をしなくてはならないときがあると仰《おっしゃ》っていましたから。強くならないといけませんよね？」

「……」

「……ぶっ！」

また黙《だま》ってしまったお爺様と噴《ふ》き出したルジェ叔父様に、にっこりと笑顔《えがお》を向ける。

お爺様と相思相愛だったお婆様ですら躾が必要だと口にしていたのだから、フロイド様には それが頻繁《ひんぱん》に必要になる日が絶対にくる。

「無理だと思ったら諦めて家に戻《もど》れ」

「はい！」

ソファーから身体《からだ》を起こし立ち上がったお爺様が、私に向かって手を差し出す。

「入学するまでの二年間、みっちり鍛えてやる。ようこそ、北の地ランシーン砦へ」

私も立ち上がり、お爺様の大きな手をきつく握《にぎ》り締《し》めた。

第二章

ランシーン砦

「軍学校での一年目は主に基礎《きそ》体力作りと基礎知識の教育、この二つだ。二年目からは技能や技術方面になるが、これに関しては適性もそうだが、武官と文官とで必要とするものが全く違う。どちらにするか決めているのであれば、二年の時点でクラスを選択《せんたく》する必要がある。それ以降はもう戦場へ出ていたからな……」

「父上のときは戦争が多かったので参考にはならないかと」

昔と今では軍学校の制度は変わっているだろうからと、お爺様は息子《むすこ》二人を通わせているルジェ叔父《おじ》様《さま》に説明の続きを促《うなが》した。

「基本的なことは変わっていない。軍は大きく分けて武官と文官がある。武官は父上や俺のように前線で指揮を執《と》り戦う者を称《しょう》しているが、敵国での情報収集や偵察《ていさつ》、戦場へ物資を運ぶ者も武官の括《くく》りとなっている。文官は武官以外の者を指し、事務官や技官といった戦場に出ている者たちを支える役割を担《にな》っている。軍医も文官の括りなんだが、これに関しては資格が必要となるのでまた別枠《べつわく》と考えてくれ。因《ちな》みに、女性は武官クラスではなく文官クラスを希望する者が多い」

「確か、ロベルトは文官クラスじゃなかったか？」

「いえ、あれは武官、文官の両方を受けています」

ロベルトというのはルジェ叔父様の息子で、私の従兄弟《いとこ》にあたる。ロベルトの下にはリアムという弟がいて、更《さら》にその下に妹のリジュがいる。

ロベルトとリアムの二人は既《すで》に軍学校で寮《りょう》暮らしをしていて、叔母様《おばさま》とリジュはトーラスではなく王都で暮らしているらしい。

「二つ受けることが可能なのですか？」

「不可能ではないが、余裕《よゆう》があればというところだな」

「選択肢《せんたくし》は多いほうが良い。少し急いで鍛えるか……」

学園は基礎学力の他《ほか》に、女性はマナー講座に社交関連の教育、男性は騎士科の受講が義務づけられている。

けれど、軍学校は義務ではなく全《すべ》て選択制で、学科や模擬《もぎ》試合が全ての実力重視。

軍学校へ入るが軍人になるつもりはない。そこまでいくともう変人の域になってしまう。

当主は後方支援《しえん》なので、私は文官クラスを選ぶべきだろうか？　と悩《なや》んでいたら、ルジェ叔父様から「待った！」と大きな声が上がった。

「まさか、父上が自ら鍛えるわけではないですよね？」

「そんなわけあるか。温室育ちの基礎体力もない奴《やつ》にいきなり指導できるわけがない」

「ですよね……ん？　では鍛えるとは？」

「ロナとリックを呼んで来い。先《ま》ずはそこに置く」

「それもどうかと……」

「だったら俺がやるか？」

「直《す》ぐに連れてきます」

早く行けと促されたルジェ叔父様は悲しげな目で私を見たあと肩《かた》を落としながら部屋を出て行った。

ルジェ叔父様は軍学校への入学を反対していたものね……。

「お爺様、ロナさんとリックさんというのは？」

「春先に配属される軍学校を卒業したばかりの新人の教育係だ。ロナが基礎訓練、リックが実地訓練を担当している。何か質問があれば二人に訊《き》けば良い。セレスティーアは実地訓練に入るまでに一年弱はかかるだろうからな……」

一年弱で身につくか？　とお爺様に不安視されている基礎訓練とはいったい何なのだろうかと、色々考え不安になる心を静める為《ため》にお茶を一気に呷《あお》った。

コン、コン……とノックされた扉《とびら》が開き、ルジェ叔父様と隊服を着た若い二人組が部屋へ入って来た。

「セレスティーア、父上の横へ」

「はい」

「二人はそこに」

初対面の印象はとても大事だと教育を受けた私は、お爺様《じいさま》の隣《となり》に移動したあと猫《ねこ》を何重にも被《かぶ》った渾身《こんしん》の微笑《ほほえ》みを披露《ひろう》するが、正面に座った人を見て目を見開いた。

短い髪《かみ》はちょこんとはね、スラリと伸《の》びた手足が印象的な綺麗《きれい》な女性。

黒い上着に純白のスラックスが良く似合っていて、襟元《えりもと》と胸元《むなもと》には金属製のバッジが付けられているが、それの意味は私には分からない。

でも凄《すご》く素敵《すてき》で、目が合うと優《やさ》しく微笑んでくれる。

「この子は俺の孫だ。二人は呼ばれた理由を聞いたか？」

「いえ、まだ何も」

「同じく」

「なら挨拶《あいさつ》からだな。セレスティーア、座ったままで良い」

初めて目にした女性軍人様に興奮していた私を余所《よそ》に、お爺様はサクサクと話を進めている。

座ったままで良いと言われたので姿勢を正し、綺麗な女性軍人様から強面《こわもて》男性軍人様へと順に目を合わせた。

「フィルデ・ロティシュの孫、セレスティーア・ロティシュと申します。暫《しばら》くの間、此処《ここ》でお世話になることになりました。ご指導ご鞭撻《べんたつ》のほど、よろしくお願いいたします」

挨拶を終えたあとは深く頭を下げる。

これから私の先生となる方たちなのでこの挨拶が正解だろうと顔を上げたら、二人共微《び》動《どう》だにせずジッと私を凝視《ぎょうし》していた……。

ルジェ叔父様に視線で助けを乞《こ》うと、苦笑《くしょう》したあと動く気配のない二人に咳払《せきばら》いで促してくれる。

「あ、すみません。貴族のご令嬢《れいじょう》を見るのは初めてで……。新人の基礎訓練を担当するロナと申します」

照れたように笑ったロナさんがふっと息を吐《は》き出し真面目《まじめ》な顔つきになると、まさに軍人という感じがしてとても格好良い。

「丁寧《ていねい》な挨拶をありがとうございます。新人の実地訓練を担当しているリックです」

背が高く体格の良いリックさんは強面だが、私の目を見てゆっくりと話してくれるのでとても優しい人なのだろう。

「セレスティーアが軍学校に入学するまでの間、二人に面倒《めんどう》を見てもらうことになる」

「……」

「……」

「そうだよね、そうなるよな」

お爺様の言葉に無言になってしまったロナさんとリックさんに対し、ルジェ叔父様は目元を片手で覆《おお》い何度も頷《うなず》いている。

「いえ、あの、軍学校とはどういう……？　伯爵《はくしやく》家のお嬢様が？　童話に出てくるようなキラキラしたお姫様《ひめさま》ですよ？」

「俺の孫なんだから軍学校に入ってもおかしくはないだろうが。それと、お前は貴族に夢を見過ぎだ」

ロナさん、人間は発光しません。

「いやいや、何か深い理由でも？　まさか、宰相《さいしよう》様に家を取り潰《つぶ》されたのですか⁉」

「何故《なぜ》そこであいつが出てくるんだ？」

お爺様、それは私がお訊きしたいです。何をなさって宰相様に睨《にら》まれているのか……。

「二年後に軍学校に入学させる。恐《おそ》らく、その辺の子どもより基礎的な部分が劣《おと》っているだろうから、平均になるぐらいには鍛《きた》えてやってくれ。俺の孫とか貴族だからとか遠慮《えんりよ》はいらない」

「本気で言っているんですか？」

「どうせ毎年面倒なのが一人交ざっているだろうが、それと一緒《いつしよ》に訓練させれば良い」

「ですが、ドレスでの訓練は……」

「おい、ドレスでやるわけがないだろ……貴族を何だと思っているんだ？　セレスティーアだってシャツとズボンくらいは……持っているよな？」

流石《さすが》にドレスで訓練に挑《いど》みはしないと頷くと、ロナさんの顔がぐにゃっと歪《ゆが》んだ。

「え、お爺様、ロナさんが！」

「普段《ふだん》俺やルジェを見ていて何でまだそんなおかしなイメージを持っているんだ？　いいか、ロナ。童話の中の王子や姫なんてものは現実には存在しない。王族も貴族も大して華《はな》やかな生活なんて送っていないぞ？　着飾《きかざ》るのも公《おおやけ》の場でだけだ」

「夢ぐらい見させせろ、このっ、暴君が！」

「ロナ、落ち着け！　まだ此処の実権はその暴君が握《にぎ》っている」

お爺様の言葉を遮《さえぎ》ったロナさんは怒《ど》鳴《な》り声を上げて立ち上がり、そのロナさんの腕《うで》を掴《つか》んで止めたリックさんは妙《みょう》な宥《なだ》めかたをしている。

そんな二人を眺《なが》めながら鼻で笑うお爺様と傍観《ぼうかん》態勢のルジェ叔父様《おじさま》。

この短時間に何が起きたのか……今分かることは、このままでは質問どころではなくなってしまうということだ。

「あの、おじいっ……!?」

そっと手を上げて声を発した瞬間《しゅんかん》、私の背中に置かれていたクッションが抜《ぬ》かれ、凄い勢いでロナさんへ向かって飛んでいった。

この砦《とりで》ではクッションを投げ合う遊びが流行しているのだろうか……?

固いソファーに背中を預けながら子どものように騒《さわ》ぐ大人たちを胡乱《うろん》な目で見つめ、深く、とても深く息を吐き出した……。


ランシーン砦に駐屯《ちゅうとん》している軍人は極《ごく》一部を除き街から砦に通っている。

極一部というのはお爺様やルジェ叔父様のような上級官職に就《つ》いている人たちのことを指し、街にある家ではなく砦内に用意された自室を使っているので砦に住んでいる状態だと聞いた。

砦内には客室もあり、稀《まれ》に視察や協議の為に訪《おとず》れる王族や貴族が数ヵ月砦に留《とど》まることがあるので用意されている……というのは建前で、お忍《しの》びで頻繁《ひんぱん》にお爺様に会いに来る国王陛下と、軍の資金について怒鳴り込みに来る宰相様の為らしい。

各自専用の部屋があると言っていたルジェ叔父様が、陛下は此処を避暑地《ひしょ》か何かと勘違《かんちが》いしていて、宰相様はお爺様と大抵《たいてい》三日三晩は論争を行うと嘆《なげ》き、ロナさんとリックさんも、普段一般《いっぱん》市民がお目にかかれない高貴な身分の方たちが気楽に滞在《たいざい》することで、訓練以外でも神経を擦《す》り減らしていると愚痴《ぐち》を零《こぼ》していた。

そして、私が案内された部屋がまさにその話題の客室で、そこには侍女《じじょ》や護衛用の部屋もある。

伯爵家の令嬢ということで一応規定に従い客人扱《あつか》いとなるが、軍学校に入学するまでの二年間は軍の新人に交ざって鍛錬《たんれん》するので客人兼《けん》見習い軍人という感じなのかもしれない。

お爺様の孫が砦に来ていることは周知されたが、その孫が訓練に交ざるとは誰《だれ》も想像すらしていないだろう。

明日は砦内の設備や訓練場などを案内してもらい、各所への挨拶回《あいさつまわ》りとなっている。

役に立たない素人《しろうと》なのだからせめて邪魔《じゃま》だけはしないようにと心に決め、家の物と遜《そん》色《しょく》のないベッドへ潜《もぐ》り込んだ。

「おはよう、セレス」

案内役として部屋まで迎《むか》えに来てくれたロナさんには、昨日の顔合わせのときに新人の軍人と同じように接してくれて構わないことを伝えてある。最初は「平民なのですが」と恐縮《きょうしゅく》していたけれど、切り替《か》えたあとは堅苦《かたくる》しい感じが取れ積極的に話し掛《か》けてくれた。

「セレスは軍人ではないから、案内できるところが限られている。元帥《げんすい》……ではもうないのだが、君のお爺様のことを皆《みな》まだ元帥と呼んでいるから」

「はい」

「元帥とルジェ大佐《たいさ》が居る区画、セレスの部屋がある客室区画、それと新人が使う訓練場と食堂はいつでも入れる。でも、他《ほか》の上官の部屋がある区画、軍の宿舎、武器庫、演習場、大広場は私かリックと一緒でなければ立ち入り禁止。街に出るときも、私かリックが同行するので許可を得る必要がある。あまり自由はないと思うけど、規程を破ると此処《ここ》には居られなくなるだろうから気を付けて」

「お爺様《じいさま》の孫だから此処に置いていただけるのです。他にも何かあれば都度教えてもらえると助かります」

「良い子だよね……あの人の孫だとは思えない」

建物の中を歩きながら、街や砦で戦闘《せんとう》が起きたときに避難《ひなん》できるように各区画にある非常用の出口や、砦で働いている職員用の避難場所などを教えてもらい頭に入れていく。

そのあとは一旦《いったん》最上階まで階段で上がり、一階まで下りながら各区画の説明となった。

地位が高いほど上の階に部屋を持つので、お爺様とルジェ叔父様の私室、客室は最上階に置かれている。その下の階からは各部隊の上官の部屋、作戦会議室、来賓《らいひん》室と私には関係のない部屋なので立ち入ることはないが知っていて損はない。出入り口がある一階は、食堂、医務室、大浴場と人が多く集まる場所となっていた。

建物を出て右側の木が生《お》い茂《しげ》っているほうに新人用の訓練場が、左の大きな円い形の建物があるほうには軍の演習場、武器庫、大広場がある。

時期的に新人教育は終盤《しゅうばん》を迎えているらしく、ある程度暇《ひま》になるから丁度良いと笑っていたロナさんに連れられ訓練場に向かうと、そこには三十名ほどの軍人が……地面に倒《たお》れ伏《ふ》していた。

「休憩《きゅうけい》時間中だな。明日からあれと同じメニューをこなせとは言わないから大丈夫《だいじょうぶ》」

目に生気のない無数の屍《しかばね》が転がっているのですが……。

「毎年此処へ配属されてくる新人の数は三十から四十。武官、文官、両方とも午前中は基《き》礎《そ》訓練を行っている。午後からは配属先の部隊で実地訓練。セレスは私からの合格が出るまで基礎訓練になるからリックの出番はまだ先かな。……ほら、さっさと起きろ！　そろそろ休憩は終わりだ！」

ロナさんの声に反応しノロノロと立ち上がった屍たちが、何かに突《つ》き動かされるかのように訓練に戻《もど》って行く……。

その姿を唖然《あぜん》と眺めていた私の肩《かた》を叩《たた》いたロナさんの「慣れだから」という言葉にただ頷くことしかできず、時折聞こえる呻《うめ》き声に背を向けた。

訓練を見学したあとは各部隊の上官の皆様《みなさま》に挨拶《あいさつ》に向かう。

一般《いっぱん》的な軍人の心証は、粗野《そや》で荒《あら》くれ者が多く好戦的。逆に騎士《きし》の心証は、紳士《しんし》で分け隔《へだ》てなく優《やさ》しく見目が良い。

誰かに言い聞かせられたわけでもなく私もそう思っていた。

けれど、実際に顔を合わせて話した方たちは皆とても優しく紳士的な対応だった。

昨夜のうちにお爺様から詳細《しょうさい》を聞いていたらしく、驚《おどろ》かれはしたが好意的な感じだったので胸《むね》を撫《な》で下ろす。

身内にも容赦《ようしゃ》がないと恐《おそ》れられているお爺様だって、軍人になる気はないのに軍学校に入りたいと言う私の我儘《わがまま》を叶《かな》えてくれるだけでなく、入ったあとのことを考えて訓練までつけてくれる。

しかも、指導役として公私ともに頼《たよ》れる女性までいるという好待遇《たいぐう》。

此処へ来るまで不安で仕方がなかったのに、それが今は期待や興奮に変わっている。頑《がん》張《ば》れば一年もかからずに実地訓練に移れるかもしれない。それを目指して頑張ろう！

そう期待に胸を膨《ふく》らませていた私の浅はかな考えは、結論から言えば大変甘かった。

訓練初日——。
貴族の子息や子女であればまだ寝《ね》ている時間帯である午前四時に起床《きしょう》。急いで身支度《みじたく》を終えたら外へ集合し、柔軟《じゅうなん》と走り込みが行われる。

　このくらいであればまだ想定内で、平民の子はこの時間から家の手伝いや働いている子もいると聞き驚くも、「余裕《よゆう》のある家なら手伝い程度なんだろうけどさ……」と苦笑《くしょう》していた数名の人たちはもっと幼い頃《ころ》から働いていたのだと、挨拶も交え軽く話す余裕さえあった。

　二時間ほどの早朝訓練を終えたあとは、朝食を摂る為《ため》に食堂へ移動する。

　席に着き座っていれば給仕《きゅうじ》されるという生活を送ってきた私は、広い食堂の奥にあるカウンターに並ぶ行列に目を瞬《またた》いた。

「あのカウンターにこのトレイを持って並ぶこと。食事は日替《ひが》わりで、量が多く美味《おい》しい。セレスには多いだろうから、量を調節したければ盛り付けてくれるおばちゃんに言うといい」

　一緒《いっしょ》に並びながら説明してくれるロナさんがお手本と称《しょう》してやり方を見せてくれた。

　トレイの上にはまだ温かいパンとスープにベーコンと卵といった簡素だがとても美味しそうな朝食が。恐る恐るトレイを持って席に着き、先に座って居たロナさんのトレイに載せられた食事の量に自身の目を疑った。

　トレイから落ちそうなほど山盛りのパンと、お皿が見えないほど盛られている卵。周囲を見回せば皆似たり寄ったりで、これも訓練のうちだからと顔を真っ青にしながら口に詰《つ》め込んでいる人たちも居た。

朝食後は個々の専門的な技術について学ぶ個別訓練が行われるらしく、私は一人別メニューの基礎体力訓練となる。新人が居なくなるこの時間、指導役のロナさんとリックさんは演習場でお爺様が監督《かんとく》している訓練に出なくてはならない。

「絶対に此処から出ては駄目《だめ》だ。それと、危ないから目を離《はな》さないように」

そう私と護衛に言い含《ふく》め、訓練メニューが書かれた紙を渡《わた》され順にこなしていくよう指示を受けた。

「初めはキツイけど、半年経《た》つ頃には慣れているから」

最初の項目《こうもく》である腕立《うでた》て伏《ふ》せができず地面とお友達になっている私。側《そば》で見守っている護衛がやり方を実践《じっせん》して見せてくれたのに、気合でどうにかなるものではなかった……ごめんなさい。

これを見越《みこ》していたのか、できなかったときの対処法まで書かれていた紙を握《にぎ》り締《し》め次々と取り掛かるも何一つ満足にこなせず、自身の訓練を終えて戻って来たロナさんに励《はげ》まされながら午後も同じことを繰《く》り返し、夕食時に食堂まで私の様子を見に来たお爺様は意気消沈《いきしょうちん》する私を大声で笑っていた。

夕食後は各隊の打ち合わせ、意見調整が行われ、そのあとの就寝《しゅうしん》までの時間はお風呂《ふろ》や洗濯《せんたく》、猛者《もさ》になってくると自主訓練といった個人の時間になる。

私の部屋には浴室があるので大浴場へ行く必要はなく、洗濯は余裕ができるまでは侍女《じじょ》が行ってくれると言うので他の人たちよりも楽な環境《かんきょう》にいるのに……。

「か、身体《からだ》が動かない。お、お風呂」

お風呂に入ることすらままならず、這《は》い蹲《つくば》って動く私に悲鳴を上げた侍女たちに抱《かか》えられ入浴することになってしまった。

意気揚々《いきようよう》と砦《とりで》に乗り込んできてこの体《てい》たらく。

ロナさんは半年で慣れると言っていたけれど、それはこの身体の節々の痛みに慣れるだけであって訓練をこなすこととは別な気がする。

このままでは軍学校に入ってから困ることになるのでは……？

同年代の中で最もひ弱だと言われれば、お爺様の名前に傷を付けてしまう。

ベッドの中に入るまでは色々と考え焦《あせ》っていたのに、毛布に包《くる》まって直《す》ぐに私の意識は落ちてしまった。


そんな生活が続けば徐々《じょじょ》に基礎体力訓練をこなせるようになってくるものだ。とは言え、決して慣れたわけではない。死ぬ気でやらなければ文字通り溺《おぼ》れてしまうからだ。

一月目《ひとつき》辺りで訓練を覗《のぞ》きに来たお爺様《じいさま》が、私が休憩時間を終えても地面から起き上がれないのを見て水をぶっかけた。

「さっさと立て、邪魔《じゃま》だ」

今迄《いままで》聞いたことのない低く冷たい声と私を見下ろすお爺様の目は、言葉で言い表せないほど恐ろしいものだった。

「遠慮《えんりょ》はいらないと言わなかったか！」

お爺様に叱咤《しった》されるロナさんを呆然《ぼうぜん》と眺《なが》めながら自分が甘やかされていたことに気付き、羞恥心《しゅうちしん》で震《ふる》えながら一年以内に基礎体力を身につけてやるのだと決意した。

それからはお爺様が時間の許す限り私の横につき水攻撃《こうげき》が行われ、半年経つ頃には「下の中だな」と言われ、一年経つ頃には「中の下だ」というお言葉を貰《もら》えるようになっていた。

その間、訓練とは別の意味で大変だったのがお父様への言い訳で、何時頃戻《いつごろもど》って来るのかというお手紙に毎回どう返事を書こうかとても悩《なや》んだものだ。

体調を崩《くず》してしまって……から始まり、見聞を広げる為に、もう少しお爺様と一緒に居たいのだと、何度も手紙を書き最終的にはお爺様が「黙《だま》って待って居ろ」と強制的に手紙の遣《や》り取りを終わらせてしまった。

因《ちな》みに、一年に一度あるあの憂鬱《ゆううつ》な音楽祭には出席していない。一応義務にはなっているが、怪我《けが》や病気といったことにすれば一度や二度出席しなくても問題ないそうだ。

お手紙によるとお父様も欠席したらしいので、お義母様《かあさま》と義妹《ぎまい》は強制的に不参加になっただろう。

婚約者《こんやく》とミラベルの仲睦《なかむつ》まじい遣り取りを目にするのが嫌《いや》だったというよりも、日々忙《いそが》しくて着飾《きかざ》って王都へ向かう気力や体力がなかったのが本音だったりするのだが。


「まだまだ暑いなぁ……」

シャツの首元を指で摘《つ》まみ、パタパタと空気を入れる。先日ロナさんから実地訓練に入って良いというお墨付《すみつ》きをもらい、今日からリックさんの実地訓練が始まるのだ。

お爺様が予想していた期間よりも早く済み、自身の目標である一年以内を達成したことと、実地訓練とは何をするのだろうかという期待が膨らみ歩きながらつい飛び跳《は》ねてしまう。

「……ん？」

春先とはいえ日差しが強く、早朝訓練前に軽く走ってきた私は額の汗《あせ》を手の甲《こう》で拭《ぬぐ》いながら集合場所へ向かっていたのだが、門から入って来た一台の馬車に気付き足を止めて首を傾《かし》げた。

少し離れた位置に止まった馬車の扉《とびら》を御者《ぎょしゃ》が開け、そこから降りてきたのは頭からフードをすっぽりと被《かぶ》った二人組。背丈《せたけ》からして一人は子どもだ。

真上を見上げれば眩《まぶ》しいくらいの太陽が。気温もこのあと徐々に上がってくる。

フードを取らずそのまま建物へ入って行く二人の背を見送り、上官の子だろうとすぐさま興味をなくし私の名を呼びながら手を振《ふ》る訓練仲間へと駆《か》け寄った。

第三章

王太子殿下

「実地訓練は素手《すで》での打撃術《だげきじゅつ》に、メインとサブ武器の使い分け、あとはダミー武器での訓練かな……。一月に一回は野営訓練もあるけど、いくらなんでもそれにセレスを連れては行かないと思うよ」

「セレスはまだ武器に触《さわ》ったことがないから、先《ま》ずは打撃術からかもしれないわよ」

「武器の扱《あつか》いかたを覚えるほうが先だろ」

早朝訓練を終えて朝食を摂ったあと、今年軍人になったばかりの新人三人と午後から行われる実地訓練の話をしながら訓練場へと向かっている。

堅実《けんじつ》で頼《たよ》りがいのあるトムと、明るく笑顔《えがお》を絶やさないサーシャ、愛嬌《あいきょう》はあるがつかみどころのないダン。この三人は軍学校時代からの腐《くさ》れ縁《えん》らしく、とても仲が良い。

この砦の中でも比較的《ひかくてき》地位の高い上官の子だからか、元帥《げんすい》の孫だと知っていても初対面から気さくに接してくれた。

「それにしても、セレス、食べ過ぎじゃないのか？」

既《すで》に実地訓練を行っている三人から情報を集め、少し食べ過ぎたかもしれないとお腹《なか》を摩《さす》っていたら、隣《となり》を歩くトムが呆《あき》れた表情で私のお腹をジッと見つめていた。

「普通《ふつう》だと思うが？」

「そうそう、沢山《たくさん》食べるのも訓練のうちだよ！　食べないともたないしね……」

トムとは逆隣を歩いていたサーシャが私の腕《うで》に抱《だ》きつき遠い目をしている。

彼女の言うように食べないともたない。私だって去年はあの量を食べている自分を想像すらしていなかった。

「普通じゃないよ！　俺たちと同じくらい食べているじゃん！」

「成長期だから」

「そのうち横に成長しちゃうって！」

「このクソ暑い中での訓練だぞ？　どうせ食べても吐《は》くだろ」

「貴族のお嬢様《じょうさま》がクソとか吐くとか言わない！」

「ダンはいい加減慣れなよ。ね、セレス」

かの有名な元帥の孫で、伯爵《はくしやく》家のご令嬢。

そう親から聞いていた三人は深窓の姫君《ひめぎみ》のような子を勝手に想像していたらしく、初対面の挨拶《あいさつ》のときに本人を前にしてガックリと肩《かた》を落として見せた。

その日はお爺様が追加で持ってきた訓練メニューがえげつなく、一瞬《いっしゅん》意識を失いかけていたのを目ざとく発見されての水攻撃。ずぶ濡《ぬ》れになりながらお爺様に「この人でなしが！」と叫《さけ》んでいたところを三人に見られていたらしい。

「口も悪いしさ」

「それはニック大佐《たいさ》に文句を言え」

大佐の名前を出すと、ダンは両手で口を押さえ顔を左右に勢いよく振って黙ってしまった。

ニック・アーセス大佐は医療《いりょう》に関する業務を行う衛生班を束ねている軍医だ。戦闘《せんとう》での負傷者の応急医療に加え、傷病の治療と看護、衛生管理などを行うので軍学校で医師免許《めんきょ》を取得していなければならない。

けれど、免許の取得は難しく、医師となったあとは精神的な負荷《ふか》によって除隊する者が後を絶たないので数が少ない。その数少ない軍医を長年務めているのが男爵家の三男であるニック大佐だ。

軍学校に難色を示していたルジェ叔父《おじ》様《さま》は実習で前線に出ない軍医に目を付け、同期兼《けん》友であるニック大佐に頼《たの》み込み、私は週に二日ニック大佐に師事することになっていた。

外見だけなら文官寄りの優《やさ》しげな男性だが、中身は生粋《きっすい》の軍人様。お爺様は水だったが、ニック大佐は罵《ば》詈《り》雑言《ぞうごん》という攻撃だった。

「返事をするより手を動かせ、この間抜けが！」

「物資を無《む》駄《だ》にする気か！　馬《ば》鹿《か》野《や》郎《ろう》！」

衛生班の面々は慣れているのか、短く言葉を返して的確に処置を行っていた。

それを戸惑《とまど》いながら見ていた頃《ころ》が懐《なつ》かしい……今では言い返しながら手を動かせるようになっているのだから。

「私の言葉遣《ことばづか》いは軍学校で浮《う》くらしい。四年間惨《みじ》めな生活を送りたくなければ今のうちに言葉遣いを変えろとニック大佐が……」

「いや、男だったら浮くかもしれないけど」

ただでさえ軍学校に入る同性は少ないのに、敬遠されて友達ができなかったら悲しい。

「でもさ、卒業したあとにそれじゃ困ることになるじゃん？」

「あら、使い分けくらいはできますわよ？　ですが、此処《ここ》でこのような話し方をしていたら返事すら間に合いませんから」

微笑《ほほえ》みながらダンご要望のご令嬢になってやれば、「気持ち悪い！」と言われた……失礼な奴《やつ》だ。

思わず手が出そうになるが、こんなことに体力を使ってはいられない。

ダンを放《ほう》って外へ出ると予想通り気温が上がっていた。この暑さの中どれだけ立っていられるのだろうかと乾《かわ》いた笑いが零《こぼ》れた。

実地訓練はいつもの訓練場ではなく外で行う。

広い草地にはもう皆《みな》集まっていて、その中心にリックさんが立っている。

「これからバディと組んで模擬《もぎ》試合を始める。武器はサブのみでダミーを使用すること。その円からは出ないように。一時間後に声を掛《か》けるから、各自カウントを忘れないようにしろ」

リックさんの指示に従い三人も動き出し、私は一人その場に残ってリックさんを待つ。

予《あらかじ》め組む相手が決まっているのか、迷うことなく二人組になり地面の草が円形に刈《か》られた場所で互《たが》いに向き合う。小型のナイフを手に持ち構えている皆を眺《なが》めていれば、リックさんに「セレスはこっちだ」と草地の奥を指差された。

声を上げ始まった模擬試合が気になりチラチラと振り返っていたからか、突然噴《とつぜんふ》き出したリックさんが「あれは初歩の訓練だ」と教えてくれる。

「バディというのは戦場での相棒だと思えばいい」

「相棒ですか？」

「戦場で隊から離《はな》れる場合はバディと行動するんだ。逃走《とうそう》防止も兼《か》ねているが、互いに相手の行動を予測できれば生存確率が上がる。だから日頃《ひごろ》からバディとして組ませる。軍学校でも同じことをするから覚えておくといい」

「ダミーとは？」

「偽物《にせもの》の武器のことだ。形や重さは同じだが、ゴムでできているから怪我《けが》はしない。今日はサブのみだと言っただろう？　メイン武器が剣《けん》、サブ武器はナイフやダガーを使う。今行っているのは近接戦闘の訓練だが、セレスは別メニューだ」

「別メニューですか？」

「いきなり剣を振《ふ》ることはできない。先ずは扱いかたを覚えてもらう」

連れて来られた先は広く開けた平坦《へいたん》な場所で、木が生《お》い茂《しげ》っているので日差しはそれほどきつくない。足元の切り株には灰色の剣とタオルに飲み物が置かれている。

「リック……？」

他《ほか》にも誰《だれ》か居るのだろうかとリックさんに訊《たず》ねる前に、背後から高い声が聞こえた。

この砦《とりで》に来てから一度も耳にしたことがなかった子どもの声に驚《おどろ》き振り返ると、私と同《どう》齢《れい》くらいの子どもが訝《いぶか》しげな顔をして立って居た。

「早かったな。もう挨拶は終えたのか？」

「朝のうちに……リックはどうして此処に？　僕なら一人でも問題ないが」

「ルドではなく、セレスの訓練を見るために来たんだ」

「……セレス？」

艶《つや》のある黒髪《くろかみ》に金の瞳。見惚《みと》れるほどの端整《たんせい》な容貌《ようぼう》。透《す》き通るような白い肌《はだ》は日に焼けたのか薄《うっす》ら赤くなっている。簡素な上着の下に白いシャツと黒いズボンと至って普通の恰好をしているのに品のある少年は、立ち尽《つ》くしている私の前に歩いて来ると「初めまして」と手を差し出した。

「……っ」

視線をゆっくりと下げ、碌《ろく》に返事もできず差し出された手を微《かす》かに震《ふる》える手で握《にぎ》る。

「端《はし》のほうでやるから、ルドは気にせずいつも通りでいい。メニューの追加は渡《わた》されたのか？」

「いや、まだ貰《もら》えていないのだが……ところで、これはどうすれば良い？」

「これとは……って、セレス？　おい、どうした!?」

リックさんに強い力で肩を揺《ゆ》さぶられ倒《たお》れそうになるが、それどころではない。

『王族からも睨《にら》まれちゃったから、お義父様はお義姉様《ねえさま》を修道院に行かせるわ』

女王気取りで王太子殿下《でんか》や第二王子殿下に媚《こび》を売り、嫉妬《しっと》で義妹《ぎまい》を虐《いじ》め、学園の卒業パーティーで婚約破棄《こんやくはき》。止《と》めは王族に睨まれ修道院という私の最悪な未来の鍵《かぎ》となる人物が、どうしてこの辺境の地に……？

「王太子殿下……」

殿下に似た別人ではないかとそっと顔を上げ、再び手元へ顔を戻《もど》した。

毎年行われる音楽祭の開会式で国王陛下の横に並び立つ姿を何度も目にしている。見間違《みまちが》えるはずがない。紛《まぎ》れもなく本人だ。

動悸《どうき》が激しくなり、冷や汗《あせ》が止まらず、もういっそ倒れるか逃《に》げるかと二択《たく》を迫《せま》られていたとき。

「君は？」

放すに放せなかった手が引き抜《ぬ》かれ、冷ややかな声が降ってきた。

壊《こわ》れた人形のようにカクカクと顔を上げると、この国の王太子であるルドウィーク・オルセマ殿下が不快そうに眉《まゆ》を顰《ひそ》めていた。

「どうして君は僕のことを知っている？」

上級貴族だけでなく、貴族であれば王族の顔は皆知っているのでは？

王城で開かれる王妃様《おうひさま》主催《しゅさい》の春の宴《うたげ》やお茶会では、王子や王女の婚約者候補を選ぶ為《ため》に婚約者のいない子息や子女を招待していると聞く。

「お顔を拝見したことがあります」

「……君が？」

他に誰が？　と言いそうになり咄嗟《とっさ》に口を噤《つぐ》んだ。

代わりに何度か頷《うなず》くと、どこか探《さぐ》るような眼差《まなざ》しを向けられ居心地《いごこち》が悪くなる。

「トーラスに住んでいる子ではないのか？」

殿下が口にしたトーラスという言葉で、気分を害したのではなく警戒《けいかい》されているのだと気付いた。道理で話が嚙《か》み合わないはずだ。

襟元《えりもと》や袖《そで》がよれたシャツに汚れて色が変わったズボン。日に焼けた肌に傷《いた》んできた長い髪《かみ》。誰がどう見ても今の私を貴族の子女だとは思わない。

要は、殿下に平民の子どもだと思われているのだ。

平民が殿下の顔を知っていたら警戒もするだろう。だとしたらやることは一つ。その警戒を払拭《ふっしょく》する為に、右手で拳《こぶし》をつくり胸元《むなもと》へ持っていき二度叩《たた》く。

「セレスティーア・ロティシュと申します」

日頃から厳しく指導され自然とできるようになってきた上官への挨拶《あいさつ》をして見せたのだが……。

「……リックさん」

殿下に無言で後退《あとずさ》りされ、余計に警戒されたような気がしてリックさんに助けを求めたのに、何故《なぜ》か彼は口元を押さえ身体《からだ》を震《ふる》わせていた。

指の隙間《すきま》からぶふっと空気の漏《も》れる音が聞こえるが、もしや笑っているのでは？　とリックさんを睨むと顔を背《そむ》けられた。

殿下には不審《ふしん》者を見るような目を向けられ、教官は笑っていて使えない。周囲を見回すが、絶対に何処《どこ》かに隠《かく》れている殿下の護衛は影《かげ》も形もない。

居た堪《たま》れない空気の中、良い天気だ……と空を見上げた。

「悪かった。ルドの怯《おび》え……驚いた顔が面白《おもしろ》くて」

「私はちっとも面白くありませんでした」

「まさかあの状況《じょうきょう》で軍の敬礼が出るとは……」

「王太子殿下も上官も似たようなものです」

だから敬礼が妥当《だとう》なのだと、まだ笑いの止まらないリックさんの背を叩く。

「機嫌《きげん》を直してくれ。ほら、俺からも説明してやるから」

ぐしゃぐしゃと頭を撫《な》でられ頷けば、先程《さきほど》よりも大分離れた位置に立つ殿下をリックさんが手で呼び寄せた。

「本人が名乗っていたが、セレスはロティシュ家のご令嬢《れいじょう》だ」

「ロティシュ……確か、元帥《げんすい》の？」

「元帥の孫だ」

「どうして、この砦に？」

お爺様《じいさま》が居るのだから、その孫が居てもおかしくはないと思うのだが……。

また妙《みょう》なことになっても困るので、遠回しにではなく率直《そっちょく》に訊《き》くことにした。

「すみません。どうしての意図が全く分かりませんので教えていただいてもよろしいでしょうか？」

「此処《ここ》は伯爵《はくしやく》家の令嬢が遊びに訪《おとず》れるような場所ではないだろう？　しかも、そのような恰好をして……君は何を目的として此処に居るのかと思い訊《たず》ねた」

「遊びに来たのではなく、見てお分かりになると思いますが訓練を受けています」

「訓練……？」

「はい。一年前からずっとこの砦で訓練を受けていますが」

「一年前から？　だが、去年は顔を見ていないが……」

去年？　と首を傾《かし》げリックさんを見上げる。

「去年も私は居ましたよね？」

「居た。だが、セレスは一日中訓練場から出ることがないから見かけなかったのかもしれない」

「食堂や客室のある区画でも殿下とは会っていません」

「ルドが此処に滞在《たいざい》するのは長くても二ヵ月ほどだ。食堂は使わず食事は部屋で取っているし、客室は王族のものとその他《ほか》で同じ区画でも真逆に位置している」

「夕食後は洗濯《せんたく》やニック大佐《たいさ》の呼び出しがあって歩き回っていましたが？」

「ルドは護衛の都合上、夜は部屋から出ることを禁じられている」

活動時間が違えば意外と会わないらしい。

新人に交ざって訓練しているわけでもなく、草地の奥で隠れるように自主鍛錬《たんれん》をしていたのなら尚更《なおさら》か。

「疑問は解けましたか？」

口を開いたまま目を瞬《またた》く殿下にそう声を掛《か》けた。

「訓練を、その、君が？」

「はい。基礎《きそ》訓練の合格をもらったので、今日から実地訓練に入ります」

「よく頑張《がんば》った」

褒《ほ》めてくれるリックさんに笑《え》みを浮《う》かべると、「一年……」と呟《つぶや》いた殿下の顔が見る間に赤くなっていく。真っ白な肌《はだ》が真っ赤になっていく異常事態に次は何が起きるのだと内心慌《あわ》てていると、眉を下げギュッと唇《くちびる》を噛み締《し》めた殿下がゆっくりと頭を下げ……。

「ごめん。僕が色々と勘違《かんちが》いをしていたみたいだ」

謝罪した。

この今の気持ちをどう表現するべきか……と一瞬《いっしゅん》訳の分からないことを考えたあと、慌てて殿下に駆《か》け寄り顔を上げさせた。

「謝罪は結構です！」

「だが、勝手に勘違いされ嫌悪《けんお》されては気分が悪いだろう？」

力なく肩《かた》を落とす殿下をどうにかすべくリックさんを仰《あお》ぎ見ると、切り株の側《そば》に置かれていた灰色の剣《けん》を二本渡《わた》され、殿下と二人で顔を見合わせた。

「我が国の結婚適齢期《けっこんてきれいき》は十五歳から二十歳《はたち》だ。家を継《つ》ぐ者は幼少の頃《ころ》に婚約者を決めてしまうことが多いが、それ以外の者たちは同程度の階級の家柄《いえがら》や関係性などを考慮《こうりょ》しつつ、成人までに相手を探しだすものだろう？」

「そうですね」

雑談をしながら呼吸に合わせて剣を振《ふ》り下ろす動作を反復する。

単純な動作なのに息が上がるのが早く、隣《となり》に立つ殿下《でんか》に至っては既《すで》に呼吸が荒《あら》い。

「母上が主催している春の宴や茶会には身分も家柄も申し分のない者たちが多く集まる。僕は他国の王族や公爵家の令嬢との婚姻《こんいん》が有力だからまだ良いが、弟や妹はあからさまに近付く者たちに辟易《へきえき》している」

「第二王子殿下は国内の貴族との婚姻が望ましいですが、第一王女殿下は他国へ嫁《とつ》がれるのでは？」

「友好国に、近しい歳《とし》の王族がいない……っ！」

「だとしたら、国内でとなると降嫁《こうか》することになるのでかなり身分の高い家柄でなくてはなりませんね。上級貴族に王女殿下と同じ年頃《としごろ》の子息はかなりいたはずです」

「だからこそ、ここ数年は茶会に出席したくないほど酷《ひど》い有様だっ……」

「婚約者候補を選んでいるのですからそれが当然なのでは？　条件が皆《みな》同じなら、競《きそ》う部分は本人の資質や能力だけです。存分にアピールしていかないと」

「側近候補を選ぶならまだしも、婚約者だぞ？　偶然《ぐうぜん》を装《よそお》って王城内で待ち伏《ぶ》せされるだけなら良いが、自分の為《ため》に時間を使えと強要され断ると泣かれる。それが一人や二人ではない……！」

「あぁ、それで平民じゃないと分かったあとも警戒《けいかい》されていたのですか。殿下を追って此処まで来たのかと？」

「恥《は》ずかしながら、自意識過剰《かじょう》だったと思っている……っは、ところで、セレスは何故そんなに余裕《よゆう》なんだ……僕は、一度休憩《きゅうけい》する……」

振っていたダミーの剣を下ろし地面に座り込む殿下を横目に、私は剣を振り続ける。

軍で最も使用されている刀剣の重量は一・一キロから一・四キロの物が多く、ダミー武器も同じ重量で作られている。

けれど、リックさんが私たちに用意したダミー武器は、長さや幅《はば》は変えず実際の物より半分の重量で作らせた特注品だと言っていた。

軍学校を卒業して軍に入ったあとは長時間の筋力の強化を目的とした訓練や技術向上を行うが、まだ成人前の身体ができあがっていない状態では成長の妨《さまた》げや怪我《けが》の恐《おそ》れがあるので、子どもである私たちは複雑な動作の繰《く》り返しを行う。

本来であれば片手で扱《あつか》う刀剣を両手で持ち、正確に刃《は》を立てられるように何度も振る。ただ上下左右に振っているだけかと思っていたが、実際には精密な動作が要求されると知り驚《おどろ》いたものだ。

手の中で回転してしまい、ただ殴《なぐ》っているような形になることが常だとリックさんが言っていたのを思い出し、そのうち握力《あくりょく》も鍛《きた》える必要があると、痺《しび》れてきた腕《うで》と手を休ませる為に休憩を取ることにした。

「はい、タオル。僕はもう腕が上がらないけれど、セレスはまだ大丈夫《だいじょうぶ》そうだね」

まだ顔を合わせて数時間しか経《た》っていないが、訓練を共にすることで仲間意識が芽生え親しくなるものだとダンが言っていた通り打ち解けるのは早かった。

「そうでもないですよ。ただ、体力だけなら自信があります」

「一年も此処で訓練しているのだから僕よりも体力がありそうだ。しかも、元帥から指導してもらえるなんて羨《うらや》ましいよ」

「指導と言えばそうですが、お爺様には水をぶっかけられた記憶《きおく》しかありませんが？」

「水を……？　それはどうしてそのようなことに？」

「その辺に倒《たお》れていたら邪魔《じゃま》なので。意識を失った者に頭から水をかければ起き上がりますから」

「あぁ……だから、水を……水……？」

想像がつかないのか、困惑《こんわく》しながら何度も水と呟く殿下はまだあの洗礼を受けていないらしい。

「それにしても、本格的に訓練しているように見えるが何か理由でも？」

理由、理由ですか……。

ロナさんやダンたちもそうだが、出会う人全《すべ》てに何かあったのかと理由を訊《き》かれることが多かった。ミラベルとのことを身内でもない人たちに吹聴《ふいちょう》するつもりはなく、軍人の祖父と軍事貴族という丁度良い理由を口にしてきた。言葉が足りていないだけで嘘《うそ》ではないから。

「セレス……？」

適当に誤魔化《ごまか》すのが一番なのだが、これから殿下とは少なくとも一年は顔を合わせることになる。今年は理由があって春先に来たが、一度王都へ戻《もど》ったあと夏にまた来ると言っていた。

「平民の子より体力も精神面も劣《おと》っていますから。入学まであと一年しかないので、後《おく》れを取らないよう頑張っているだけです」

「精神面はまだ分かるが、セレスは騎士《きし》科を受講するわけでもないのに、何に体力が……ダンス？」

「学園ではなく、軍学校へ入学するつもりなので」

確かにダンスも体力を必要とするなぁ……と苦笑《くしょう》しつつ間違いを訂正《ていせい》しておく。

殿下が此処《ここ》で鍛錬しているのは必修である騎士科の授業に備えてのことだろうかと、水を口に含《ふく》みながら殿下のほうへ顔を向け、咄嗟《とっさ》に口を手で押さえ急いで水を飲み込んだ。

「軍学校……？」

目を見開いて口を大きく開けた何とも言えない殿下の間抜《まぬ》けな顔に水を噴《ふ》き出すところだった。

「私は爵位《しゃくい》を継ぐので、その、軍事貴族ですから」

「いや、だが……伯爵《はくしゃく》家の令嬢《れいじょう》が軍学校へ入るなど聞いたことがない」

令嬢をやめて家を出たことや、貴族の中では私が初だということを口に出さず、「そうですね」とだけ言っておく。

「できれば、今口にしたことを誰《だれ》にも言わないでほしいのですが」

社交界では話が広まる途中《とちゅう》で歪曲《わいきょく》され全く違うものになることはよくある。

発信者が王太子殿下となればそれはどこまでも広がっていく。お父様の耳に入るだけならまだしも、婚約者であるアームル家にまで迷惑《めいわく》をかけるわけにはいかない。

「僕が此処に来ていることも秘密にしてほしい」

「それならお互《たが》いに秘密ですね」

「そうだね、秘密か……」

「それと、私は伯爵家の跡継《あとつ》ぎで婚約者もいますから、その点での心配は無用かと」

「……そうか、そうだね！」

　私は無害です。殿下方の周囲をうろついて困らせたりしませんよ！　と予《あらかじ》め伝えておくのは大事なことだ。

　殿下ではなく名前で呼んでほしいと嬉《うれ》しそうに笑うルドに肩《かた》を竦《すく》めながら、普段《ふだん》どんな鍛錬《たんれん》や訓練をしているのかという話を飽《あ》きることなく続けた。


　訓練仲間が増えてから数日後、皆が寝静《ねしず》まった深夜ランシーン砦内《とりでない》に警報音が鳴り響《ひび》いた。

　何度聞いても慣れない不協和音。

　初めの頃は驚きと恐怖《きょうふ》で身を竦めていたな……と眠《ねむ》りの淵《ふち》から意識が浮上《ふじょう》した瞬間《しゅんかん》、ベッドから飛び起きた。

「セレスティーア様」

　寝室《しんしつ》に入って来た侍女《じじょ》に手を上げて起きていることを伝え、クローゼットから暗い色のシャツを取り出し素早《すばや》く着替《きが》える。腰《こし》に付けたホルスターにナイフを差し込み固定したあと居間に急ぐと、護衛と侍女は既に待機していた。

砦に来てからもう五度目。

決して部屋からは出ず、いつでも避難《ひなん》できるよう準備をして待つだけ。

慣れたものだと自身の図太さに呆《あき》れながら窓に寄り、未《いま》だ鳴り続けている警報音に眉《まゆ》を顰《ひそ》めた。

「西側か……」

恐らく警報音を鳴らしているのは西側にある監視塔《かんしとう》だろう。

この警報音は高く鋭《するど》い音から低い音まで、大きく分けて三種類ある。本当はもっと細かく分けているのだが、私が教わったのが襲撃《しゅうげき》、偵察《ていさつ》隊、避難の三つだけで、それ以外は私には関係のないものだから覚える必要はないと言われた。

この音は流れる音によって意味合いを変えているので伝令よりも早く警告を促《うなが》すことができ、どの監視塔から音が流れているかによって国境を接している二国のどちらが仕掛《しか》けてきているかも分かるようになっている。

「西からの襲撃だとしたら、スレイラン国か」

暗闇《くらやみ》の中疎《まば》らに灯《とも》る火の明かりを見下ろし、窓枠《まどわく》を指で叩《たた》く。

好戦的で強さを重んじる文化を持つスレイラン国とは考え方の違《ちが》いか、余り良い関係ではなく小さな諍《いさか》いが絶えない。

それでも、ここ暫《しばら》くは静かだったのにどうしたことか……。

国境沿いにある鉱山の権利を巡《めぐ》り、自国であるラッセル、西のスレイラン、東のドルチェの三国は互いに牽制《けんせい》しながら睨《にら》み合っている状態だ。鉱山の周囲や街近辺に偵察隊を送り込み、それを排除《はいじょ》すれば報復とばかりに襲撃する。軽い牽制程度の衝突《しょうとつ》もあれば、本格的に軍を進行させ長期間戦闘《せんとう》になるときもあるらしいのだが、今年に入ってからはドルチェからの三度の軽い威嚇《いかく》しかなかった。

――トン……トトン、トン。

独特なノック音が聞こえ、扉《とびら》の横に立って居た護衛が同じようにノックを返せば、開かれた扉からロナさんが顔を覗《のぞ》かせた。まだ警報音は止《や》んでおらず、切迫《せっぱく》した表情のロナさんが現れたことで部屋に重苦しい空気が流れる。

「セレス、悪いがルドの部屋に移動してほしい」

「はい」

「そんな顔をしなくても大丈夫。今日は少し長引きそうだから不安に思わないよう賓客《ひんかく》を一ヵ所に集めとけって。もう出られるなら直《す》ぐに移動を」

取り繕《つくろ》いきれず顔に出ていたことにも、ロナさんに気を遣《つか》わせたことにも落ち込みながら長い廊下《ろうか》を駆《か》けて行く。

私が使用している客室と同じ階、階段を挟《はさ》んだ反対側には国王陛下が使用する客室が置かれている。砦内なので造りは同じだが、内装や家具は王城にある私室と同様の物を揃《そろ》えさせたらしい。

元帥《げんすい》であるお爺様《じいさま》の私室を素通《すどお》りし、一番奥にある部屋の前で止まったロナさんが先程《さきほど》と同じように扉を指で叩く。開かれた扉の隙間《すきま》から見えた室内には、剣《けん》を手に持ったルドが立って居た。

「すまないが、セレスも頼《たの》む」

「了解《りょうかい》した」

ルドの護衛らしき人とロナさんが話している間に、自身の侍女と護衛に指で合図を送りそれぞれの配置に就《つ》かせる。話せない状況《じょうきょう》下に置かれた場合にと教わったこの合図は重宝しているのだ。

「セレス……何が、あった?」

緊張《きんちょう》をはらんだ声と抱《かか》えるように持つ剣を見て、不安と恐怖でいっぱいであろうルドを安心させるように微笑《ほほえ》む。

「あと数刻もすれば警報音は鳴り止みます。これくらいならいつものことですから、あまり心配なさらないでください」

「いつも……？」

「もしかして、ルドは初めてこの音を聞いたのですか？」

「いや、何度かあるが、このような状況は初めてだ」

毎年夏の終わりから冬にかけて砦に来ているルドは、暖かくなり軍が活発に動くこの時季の戦闘の激しさを知らないと言う。去年は私も砦に来たばかりだったので怖《こわ》くて眠れなかったのを覚えている。

「説明は受けていたのだが……」

「危険な状態でしたらとっくに避難させられているので大丈夫《だいじょうぶ》ですよ」

だから一度それを放しましょうと説得し、首を左右に振《ふ》るルドから剣を取り上げソファーに一緒《いっしょ》に座った。

「セレスは怖くないのか？」

「もう慣れました」

「慣れ……そうか、慣れれば」

その通りですと深く頷《うなず》き、励《はげ》ますように背中を軽く叩く。

ルドはまだ一月《ひとつき》ほど砦に滞在《たいざい》するのだから言っておいたほうが良いだろう。

「今年は暖かくなるのが早かったので、ルドの滞在中にもう何度か襲撃は起こると思います」

首を傾《かし》げるルドの背を摩《さす》りながら「雪解けが早かったので」と続ける。

「雪？」

「冬は気温が低いので体温を奪《うば》われ、更《さら》に雪が降れば視界が制限されます。低体温症《しょう》や凍《とう》傷《しょう》の危険性、食料不足、士気の低下と戦闘力に大きな影響《えいきょう》を及《およ》ぼしますから、どの国も冬の間は戦争を仕掛けたりはしません」

「冬が終わったから襲撃が始まったのか」

「此処《ここ》ではこれが挨拶《あいさつ》のようなものです。何かあったとしてもお爺様が何とかしてくれますから」

「そうだな」

ぎこちなくではあるが笑《え》みを浮《う》かべたルドに胸《むね》を撫《な》で下ろし、扉近くに立つルドの護衛騎《き》士《し》を窺《うかが》った。

どこから見ても絶対に騎士だと断言できる風貌《ふうぼう》の青年は、無表情のままジッと扉から視線を外さない。室内にはルドと青年の二人しか居《お》らず、他《ほか》の騎士が様子を見に外へ出ている感じでもない。

王太子殿下《でんか》の護衛が一人とは随分《ずいぶん》と不用心だと思うが、裏を返せば彼一人で事足りるということだろうか？

「何か？」

急に振り向いた騎士に問われ、無遠慮《ぶえんりょ》に眺《なが》め過ぎたかと慌《あわ》てて視線を逸《そ》らした。

「すみません。殿下の護衛が一人だけだとは思っていなかったので……」

「ルドウィーク様が此処に居ることは内密の為《ため》、護衛は私一人が担当しています」

「アルトリードは近衛《このえ》騎士の副隊長だよ」

殿下の言葉に一番驚《おどろ》いたのは私ではなく、同じ室内に居るロティシュ家の護衛たちだろう。騎士の中の騎士と称《しょう》される精鋭《せいえい》が所属する近衛の二番目に偉《えら》い方なのだから。

だからといって一人でやれることには限りがある気がするが、彼が側《そば》に居ることによってルドの不安が軽くなるのであれば何も言うまい。

侍女《じじょ》に入れてもらった温かい紅茶を飲みながら緊張を解《ほぐ》す為に他愛《たわい》もない話をしていたとき、長かった警報音が鳴り止んだ。

「終わったのだろうか？」

「どうでしょうか……。誰《だれ》か来るまではこの部屋から出ないように。もしもの場合は、この壁紙《かべがみ》を剥《は》がせば隠《かく》し通路があるのでそこから外へ出ましょう」

私の部屋と同じ造りだからきっとあるだろうと指差したのは本棚《ほんだな》で、ルドが私と本棚を交互《こうご》に見ながら「通路？」と口にする。

「本棚の後ろの壁には扉があって、普段《ふだん》は壁紙で隠しているのです」

目を輝《かがや》かせ興奮した様子のルドが本棚に近寄りジッと眺めているが、扉の奥には下に続く長い階段があるのだと教えたらどんな反応をするのかと想像して笑いが零《こぼ》れた。

「外には馬と荷が常時準備されています。伝令は予《あらかじ》め領主であるロティシュ伯爵《はくしゃく》に送られることになっているので、伯爵家の私兵と合流すれば一安心です」

「よくご存知ですね」

先程の無機質な声とは違《ちが》い人間味のある柔《やわ》らかな声が背後から聞こえ驚いて振り返ると、アルトリード様が私の直ぐ近くからルドを眺めていた。

「脱出《だっしゅつ》経路や手段等は一通り教わっていますから。アルトリード様もお聞きになっていますよね？」

「えぇ、寝室《しんしつ》にも一つ通路が用意されているのですが、そちらはルド様もご存知です。それと、私に敬称《けいしょう》は不要ですよ。今は身分のないただの護衛ですから」

「ですが……」

「私などより、ルド様のほうが高貴なお方なので」

王太子殿下をルドと呼んでいるのだから私に敬称をつけるな……ということだろうか？

この人表情がほとんど動かないから判断が凄《すご》く難しい。

「アルトリードだって公爵家じゃないか」

「私は次男なので、それほどでもありません」

次男だろうが三男だろうが、この人も伯爵家より遥《はる》かに格上なのは間違いないわけで、敬称をつけないのなら何と呼べば良いのか……。

アルトリードさん？　それともルドのように短くアル？　もしくは次男とか……無理でしょうが。

（どうして私はこんな人たちと同じ空間に居るのだろう）

思っていることは同じなのか、隅《すみ》に控《ひか》えて居る侍女も護衛も皆《みな》顔を引き攣《つ》らせながら無心を貫《つらぬ》こうとしているのが分かる。

小さく溜息《ためいき》を零《こぼ》し、外を確認《かくにん》する為に窓へ近づいた。

「……」

警報音が止まってから既《すで》に数十分は経《た》っているのにまだ誰も此処へ来ていない。外の火の明かりは未《いま》だ消えることなく寧《むし》ろ増えたような気がして目を凝《こ》らすが、暗闇《くらやみ》の中で人が動き回っている様子が微《かす》かに分かる程度。

「あー……アルトリードさん」

一瞬《いっしゅん》どう呼ぼうか思案し当たり障《さわ》りのないものを選んだのだが、何も言われないので本人はそれで構わないようだ。

「スレイラン国について何か知っていることはありませんか？」

近衛騎士なのだから何かしら情報を持っているだろうと訊《き》いてみたのだが……。

「スレイラン国ですか……」

凄く嫌《いや》そうな声を出したアルトリードさんに室内に居る者たちの視線が集中した。

「戦闘《せんとう》や戦争を日常的に行っている野蛮《やばん》な国という認識です。あの国では女性の王位継《けい》承《しょう》権を認めておらず、直系の男子のみが王位を継承します。ですが、血筋や後ろ盾《だて》よりも強さを重視しているようなので、継承順位の入れ替《か》わりが激しく王位争いが絶えないようです。ここ数年は、第一王子と第三王子の争いが激化していると聞いています」

「お爺様《じいさま》が西の王族は先陣《せんじん》を切って戦っていると言っていましたが……」

「強さを示すには、戦場が一番でしょうから」

「最も有力な人物は誰ですか？」

「第三王子かと」

「正妃《せいひ》の子ですか？」

「いいえ、他国から迎《むか》えた王女の子である第一王子、第二王子、それと第一王女が正妃の子です。第三王子と第四王子は側室の子になりますが、母親は自国の侯爵《こうしゃく》家なので派閥《はばつ》も資金力も十分かと」

兄弟を蹴落《けお》とし頂点に立つような危険人物たちと顔を合わせる機会はないだろうと思いながら聞いていたが、軍学校に入って街の外へ出るようになったら偶然邂逅《ぐうぜんかいこう》することもあるかもしれない。

あとでお爺様かルジェ叔父様《おじさま》に詳《くわ》しく聞いておこうと決め、廊下《ろうか》からバタバタと激しく聞こえる足音に息を潜《ひそ》めた。

「セレス……！」

ノックや合図なんてものはなく、いきなり開け放たれた扉《とびら》から顔を出したのはニック大《たい》佐《さ》だった。

「時間と人手が足りない。さっさと来い！」

アルトリードさんや護衛が抜《ぬ》いた剣《けん》が見えていないのか、それとも眼中にないのか、説明もなく言いたいことだけ言い背を向けたニック大佐の代わりに彼はこの砦《とりで》の大佐で無害であると説明する。

ニック大佐が治療《ちりょう》室を離《はな》れているということは重傷人がいないということだが、逆に子どもの手ですら借りたいほど応急処置が必要な負傷者が多数いるのだ。

「私は行きますが、ルドはロナさんかリックさんが来るまで部屋から出ないでください」

持ってきていた緑の腕章《わんしょう》を腕《うで》に着装し、ニック大佐を追おうと踏《ふ》み出した足を止め逡《しゅん》巡《じゅん》する。

衛生兵は身を守る武器は勿論《もちろん》、医薬品や医療道具など大量に携帯《けいたい》していなければならないので、両手が空くように作られたかなり大きな背負う形の鞄《かばん》を常に所持している。ニック大佐に師事すると決まってからその鞄を支給されたのだが、軍医の資格を持たない私は応急処置以上のことはできないので鞄の中はスカスカの状態だ。包帯や治療薬品くらいなら持って行かなくても向こうにあるだろうが、手ぶらで来たと知られたら……。怒鳴《どな》られるだけではなく確実に頭上に拳《こぶし》が落ちてくると身震《みぶる》いし、侍女に鞄を取りに行ってもらう。

「セレス、何処《どこ》に行くつもりだ？　君も部屋から出ないほうが良い」

「え……えっ、え……っと、すみません⁉」

急に腕を摑《つか》まれたので何事かと横を向き、至近距離《きょり》にルドの顔があり驚いて腕を払《はら》ってしまった。私の身を案じてくれた人に対する仕打ちではないと直《す》ぐに謝罪したが、ルドから反応はなく、眉間《みけん》に皺《しわ》を寄せ振《ふ》り払われた手をジッと見つめながら「力を入れていたはずなのに」と呟《つぶや》いている。

「あの、ルド……ニック大佐のことは」

「知っているよ、軍医だろう？」

知っていたかと安堵《あんど》し、腕に付けた腕章を掲《かか》げて見せた。

「私は大佐から衛生班の手伝いとして呼ばれました。建物を出たら負傷者が転がっているので彼等の応急処置をします」

「どうしてセレスが……君は、医師になるつもりなのか？」

軍学校に入ることや此処《ここ》での訓練メニューなどは話していたが、他《ほか》のことに関しては一切《いっ》《さい》ルドに話していない。それでも流石《さすが》に軍学校を卒業して軍人になるとは思っていないのか、軍医ではなく医師と口にしていた。

「医師の資格を取る予定はありませんが、ルジェ叔父様が軍学校の実習で前線に出ない衛生科を推《お》しているんです。その所為《せい》でニック大佐に週に二日医療について学んでいるので、こうして人手が必要なときは駆《か》り出されています」

「衛生科なら危険なことはなさそうだから良いと思う」

やはり医師を目指しているのだろう？　という眼差《まなざ》しを受け苦笑《くしょう》する。

「戦場に出ない領主に医師免許《めんきょ》は不要です」

下級貴族か、或《ある》いは平民であったなら医師免許を取っていた。

けれど、学園に通いたくないからという理由なだけであれば文官クラスで十分だ。

「それなら学ぶ必要はあるのか？」

「武官クラスだと実習の他に遠征《えんせい》もあるそうなので、学んでいて損はないかと」

「まさか、文官ではなく武官クラスに入るつもりなのか？」

私も当初は学園を回避《かいひ》できれば良いと思っていたので文官クラスを選ぶつもりだったのに、砦で軍人と一年も共にしているうちに考えが変わっていた。

「我が家は軍事貴族ですから、戦場から離れた後方で命を繋《つな》ぐことも、戦略を駆使《くし》して戦うことも、軍学校で学べることは全《すべ》て学ぶつもりです。当主となったときに的確に支援《しえん》を送ることができますから」

私の代はルジェ叔父様の大切な息子《むすこ》たちが戦場へ出て、当主である私が後方支援となる。支援を一つでも間違《まちが》えれば前線に居る従兄弟《いとこ》が危機的状況《じょうきょう》に追い込まれるのだと、この場所で一年暮らし学んだ。

「セレスは凄いな……訓練だけじゃなく医療も学び、先を見据《みす》えて動いているのだから」

「どちらもそこまで高等なものではないですよ？」

「だが、僕はそれすらできていない」

スレイランのような国ならまだしも、この国の王太子殿下《でんか》に過度な武力や医療技術は必要ないと思うのだが、どうやらルドはそうは思わないらしい。目に見えて落ち込んでしまったルドに内心慌《あわ》てながら、ずっと黙《だま》ったままのアルトリードさんへ助けを求めたら顔を横に振られてしまった。

「ルドは、軍学校ではなく学園に通うのだから」

必要ありませんよね？　と続けようとし、ルドの仄暗《ほのぐら》い瞳《ひとみ》と目が合い咄嗟《とっさ》に口を噤《つぐ》んだ。

「無償《むしょう》で訓練を受けている身なので、勧《すす》められたものは全てやってみようか……と」

ぐにゅっと歪《ゆが》んだルドの顔を見てこの言い回しも失敗だったと悟《さと》った。

「セレスティーア様、お時間もそうですが……ニック大佐が！」

さてどうしようかと思案していたら、私の鞄を部屋まで取りに行ってくれた侍女《じじょ》が戻《もど》り小声で耳打ちされた。私の侍女にまで恐《おそ》れられているニック大佐は凄《すご》い。

「規律を乱すわけにはいかないので、ルドに一緒《いっしょ》に行こうとは言えません」

「分かっているよ」

「ですが、何かできることはないか、ロナさんかリックさんに訊《たず》ねてみれば良いかと。訊くだけならタダだと友人たちが言っていました」

鞄を背負いながらそう口にすると、ルドは一瞬《いっしゅん》キョトンとしたあと顔を綻《ほころ》ばせた。

もう大丈夫《だいじょうぶ》だろうと背を向け、部屋を出たあと一気に走り出す。護衛がついて来て居るのを確認《かくにん》しながら階段を飛び降り、背後から聞こえた小さな悲鳴を無視して現場へ到着《とうちゃく》すれば、お決まりの罵詈《ばり》雑言《ぞうごん》が飛び交《か》っていた。

「遅《おそ》い！　何をもたもたしていた！　さっさと処置を始めろ、この間抜けが！」

やはりというか、私も怒鳴られながら衛生班の補助に入った。

腕や足がなくなっている人が居ないのが幸いだと思いながら、血を見て震《ふる》えることがなくなったことを素直《すなお》に喜べないでいる。

だって、普通《ふつう》の貴族令嬢《れいじょう》なら悲鳴を上げて気を失ったりするのだろうから。

治療の補助にあたりながら建物へと目を向けていると、開かれたままの扉からルドとアルトリードさんが姿を現した。

「ニック大佐、僕も何か手伝います」

「……必要ない」

ないだろうが！」

「あぁ、そうだ。指示する時間すら惜《お》しいのに、何も知らない者など足手纏《あしでまと》いにしかならないだろうが！」

「物を運ぶことならできます」

「ニック大佐《たいさ》、私はこういった経験がある程度ありますからルド様への指示はお任せください」

離れた場所で行われている交渉《こうしょう》を耳にしながら包帯と薬品の追加を運び、心の中でだけ応援をしておく。時折「誰《だれ》が余計なことを……」と殺気を感じたが、最終的には邪魔《じゃま》だけはするなとニック大佐が折れたようだ。

予想以上に負傷者が多く解散号令が出たのは明け方で、今にも落ちてきそうな瞼《まぶた》をどうにか開きながら着替《きが》えもせずに疲《つか》れた身体《からだ》をベッドに沈《しず》めた。

それからも奇襲《きしゅう》は数度続き、ルドが深夜の警報音や応急処置にも慣れた頃《ころ》。

「また直ぐに来る。次に会ったときも、またセレスに驚《おどろ》かされることになるのかな」

戦友かのように握手《あくしゅ》を求められ、一応貴族の令嬢なのにと困惑《こんわく》する私を余所《よそ》にルドは王都へ帰って行った。

そして、晩夏――。

「初めまして、兄上に聞いてお会いしたいと思っていました」

再びランシーン砦《とりで》へ訪《おとず》れたルドの隣《となり》には、小さな天使が立って居た。

【guardian】というタイトルそのまま、庇護《ひご》され溺愛《できあい》される乙女《おとめ》ゲームがある。

元貴族のヒロインが名家の伯爵《はくしやく》家の養女となり、義姉《ぎし》に虐《しいた》げられながら多数のイケメンに守られ愛されるというもの。

羨《うらや》ましい……とゲームをプレイしながら何度唸《うな》ったか分からない。

可愛《かわい》らしい容姿に聖母のような性格。何をしてもしなくても愛されるヒロインの姿に自分を重ね合わせ陶酔《とうすい》する。疲れ切った現実から逃避《とうひ》するにはうってつけのゲームだった。

だから、嵌《は》まり込んでいたその乙女ゲームのヒロイン、ミラベルに転生したのは運命だったのだと思う。

前世には異世界転生ものの小説や漫画《まんが》が沢山《たくさん》あった。その中で特に人気があったのは断罪される悪役令嬢が実は転生者で、ヒロインが逆に断罪されるというものだった。

自身の行いの所為で周囲の人たちから嫌《きら》われる筈《はず》の悪役令嬢が転生者で、尚且《なおか》つストーリーを全て把握《はあく》していたとしたら？

幼少の頃から好感度を着実に上げ前世の知識で基盤《きばん》を固め、ヒロインが参戦してきたときに打ち取るつもりでいるのだから勝てるわけがない。

フラグ回避？　死なない為《ため》の行動？　全部やっていることはヒロインと同じ。

まともな男ほど悪役令嬢側に付き、残っているのは馬鹿《ばか》な男だけ。それを攻略《こうりやく》したからと悦《えつ》に入り足を掬《すく》われ転落する人生なんて願い下げだわ。

私は、何をしてでもあのゲームのヒロインのように幸せな人生を送るのだから。

「君が、彼の娘《むすめ》か？」

貴族のくせに人が好《よ》すぎる父親と、男爵家とは名ばかりの生活に文句ばかりの母親。古い屋敷《やしき》に流行遅《りゆうこうおく》れのドレス。装飾《そうしよく》品は数えるほどしかなく、侍女はたったの二人。これなら前世のほうが自由で色々と娯楽《ごらく》があったのにとうんざりしていたら、父が事故で亡《な》くなった。

「私は君の父親の親友なんだ」

バルド・ロティシュ伯爵が父の葬儀《そうぎ》に来ることは知っていた。

だって、ここから私の物語が始まるのだから。

泣きはらした顔で伯爵を見つめ、嗚咽《おえつ》を零《こぼ》しながら頷《うなず》き、そっと頭を撫《な》でる手にキョトンとして見せてから健気《けなげ》に微笑《ほほえ》む。たったそれだけのことで伯爵は私に同情し、亡くなった父のことではなく先行き不安な将来のことで憔悴《しょうすい》している母に救済の手を差し伸《の》べる。

一代限りの貴族位。母の実家は兄夫婦《ふうふ》が住んでいて居場所がない。

元々母は子爵家程度の家柄《いえがら》なのだから平民として生きていけば良いのに、それは大問題だと言わんばかりに惜しみない援助《えんじょ》を申し出た伯爵は良いカモだ。あの父と親友なだけあって甘いのか、それともこれがヒロイン補正というやつなのかもしれない。

けれど、ここで私が知らない裏設定があった。

母と私は書類上ではロティシュ伯爵の後妻と養女となっているが、伯爵家での権限は一切《いっさい》なく、結婚《けっこん》式もお披露目《ひろめ》もない契約《けいやく》結婚は私が嫁《とつ》ぐと共に破棄《はき》される。後妻ではなくなったあとも住む場所や資金など援助してくれると聞き、母は表面上喜んで見せたが裏では憤《いきどお》っていた。

その結果、顔合わせの席で狙《ねら》いを定めたのか前当主のイケオジを誘惑《ゆうわく》するも失敗し、意《い》気消沈《きしょうちん》して客室に戻って来た。

気持ちは分かるけどそれは駄目《だめ》だと内心呆《あき》れながら、現当主であるバルドを狙うよう誘《ゆう》導《どう》する。

伯爵の娘を大切にして良き母となれば好意を得られる云々《うんぬん》を純粋《じゅんすい》なミラベルの言葉に変《へん》換《かん》して助言をしておく。

バルド・ロティシュの娘、セレスティーア。

彼女はこの世界の悪役令嬢。

セレスティーアが転生者だったなら、同じスタートラインに立てるのは幸運だわ。

「初めまして、セレスティーア・ロティシュと申します」

大きくて広い屋敷の玄関《げんかん》口に並び立つ侍女《じじょ》や侍従《じじゅう》の中心を、女王のように歩いて来た少女は不機嫌《ふきげん》なことを隠《かく》そうともせず母と私の前に立ち挨拶《あいさつ》をする。

ヒロインである私が可愛い小動物系なら、セレスティーアはどの角度から見ても完璧《かんぺき》な美女。

母はすぐさま彼女に媚《こび》を売り、私は大人しい義妹《ぎまい》を演じた。

「お義父様《とうさま》にお会いしたいのですが」

養女として伯爵家に住むようになり、先《ま》ず好感度を上げたのは若い侍女たちだった。その次は下働き、侍従と順調に進んでいたのに、伯爵の補佐《ほさ》だという執事《しつじ》は一筋縄《ひとすじなわ》ではいかなかった。

「お忙《いそが》しいのでご遠慮《えんりょ》ください」

愛想《あいそ》がなく冷淡《れいたん》。執務《しつむ》室に居る伯爵に会いに行くと必ずといっていいほど邪魔をする。

「少しだけでも。あの、お菓子《かし》を作ったので食べていただきたくて」

「当主様は甘い物を好みません」

愛嬌《あいきょう》を振《ふ》りまいても、情に訴《うった》えても無駄《むだ》。

これでは好感度を上げられないと苛立《いらだ》っていたとき、セレスティーアからお茶に誘《さそ》われた。

この時点でセレスティーアは転生者ではないと結論を出していたが、念には念をと誘われたお茶の席でよくざまあされる頭の悪い転生者を演じた。

結果はやはり白、真っ白。

本当に悪役になるのだろうか？　と首を傾《かし》げたくなるほど呑気《のんき》で危機感もない。これでは相手にもならないと鼻で笑い、予言という形で忠告だけはしてあげた。

まぁ、悪役が手を下さなくても周囲が勝手に動くだろうし、このまま大人しく無害であれば断罪されたときに少しは擁護《ようご》してあげてもいい。

学園に入るまでにセレスティーアの婚約者であるフロイド・アームルを攻略することにした。

「大好きなお義姉様《ねえさま》が結婚されるまで、少しでも一緒《いっしょ》にいたいの」

事あるごとにそう口にしていれば皆《みな》が喜んで協力してくれる。良かれと思ってしたこと全《すべ》てがセレスティーアを傷つけていることに誰《だれ》も、フロイドさえ気付いていない。

――馬鹿ばっかり。

我慢《がまん》もできず癇癪《かんしゃく》を起こしたセレスティーアも、無残に踏《ふ》み潰《つぶ》された花束を見て悲観するフロイドも、皆が私の手の上で踊《おど》らされている。

「どうして……？」

そう呟《つぶや》くだけで、走り去ったセレスティーアを追い掛《か》けもしないフロイドには呆れてものが言えない。こんな男と結婚しなくてはならないセレスティーアは悲惨《ひさん》だわ。

「フロイド様、大丈夫《だいじょうぶ》ですか？」

花束を拾い慰《なぐさ》めはするが、私はフロイドとエンディングを迎《むか》える気はない。

あの侯爵《こうしゃく》家の次男だからこそ重圧をかけられ歪《ゆが》んだ性格になってしまい、一番でなくてはならないとヒロインを束縛《そくばく》し重い愛情を押し付けるヤンデレ。怖《こわ》くてとてもじゃないが一緒に居たくない。

そう、狙うは王族一択《たく》。

この国の王太子は公式の人気投票でそこそこ人気があったキャラで、王子という設定では珍《めずら》しく黒髪《くろかみ》のイケメン枠《わく》。性格も真面目《まじめ》で誠実、ヒロインだけを一途《いちず》に想《おも》う姿は好感度が高かった。

でも、その王太子よりも圧倒《あっとう》的に人気があったのは第二王子。出されるグッズは即《そく》完売し、ネットで少しでも叩《たた》かれれば第二王子の信者が突撃《とつげき》して炎上《えんじょう》する。

絵師の執念《しゅうねん》が感じられる端整《たんせい》な顔立ちと、兄とヒロイン以外には冷ややかな態度で蔑《さげす》む眼差《まなざ》しを向け、口から吐《は》かれる毒舌《どくぜつ》が最高だと、毎回人気投票では一位を攫《さら》っていく。

その他《ほか》にもまだ何人かはいるが……。

「楽勝だわ」

フロイドの次に狙うなら王太子だろうか？

セレスティーアよりも一年遅《おそ》く出会うことにはなるが、あの様子なら敵にもならない。

自室に籠《こも》ってしまったお義姉様を心配する素振《そぶ》りをしながら嘲笑《あざわら》っていた翌日。屋敷からセレスティーアが忽然《こつぜん》と姿を消した。

あれだけ愛嬌を振りまいてやったのに誰一人としてセレスティーアが何処《どこ》へ行ったのか教えてくれず、お茶会や観劇に音楽祭というイベントはセレスティーアが不在というだけでその全てがなくなり、フロイドと会う機会が減ってしまった。

「なによ、なんなのよ……」

行方《ゆくえ》を知るお義父様の前には執事が立ちはだかり、母は執務室への入室は禁止されているし、寝室《しんしつ》も別だから最近は顔も見ていないと言う。

悪役が何処で何をしているか知らないけれど、あと半年。

学園に通う年には嫌《いや》でも帰って来るだろうと、これも私が知らなかった裏設定の一つなのではないかと楽観視していた。

第四章

第二王子殿下

軍学校への入学まで残り半年。

砦《とりで》での生活にも慣れ、最初は覚束《おぼつか》なかった実地訓練もこなせるようになってきた。

基礎《きそ》、実地、打撃《だげき》訓練に、腕《うで》の立つ軍医直々の応急医療《いりょう》。

ここまできたら残すは野営訓練だけなのだが、砦の外に広がる森林で三日三晩行われる訓練は大人でも弱音を吐き、稀《まれ》に東か西の軍と衝突《しょうとつ》することもあるらしく、実力も経験もない私を参加させることは絶対にないとルジェ叔父様《おじさま》からきつく言われている。

これに関しては軍学校までお預けだろうと、草地の上に仰向《あおむ》けになりながら身体《からだ》を伸《の》ばしていく。ダミー武器を使う模擬《もぎ》試合の前は怪我《けが》をしないよう筋肉をほぐす必要があるからだ。

リックさんの合図と共に始まった円の中での交戦を横目にひたすら柔軟《じゅうなん》をする。

私にはバディがいないから、試合を終えて体力がまだ有り余っている人が相手をしてくれるので待ち時間がとても長い。

なので、その空いた時間を使って前回の復習も兼《か》ね目を閉じ想像しながら体を動かしている。

（昨日はあっさり利《き》き腕を取られて地面に倒《たお》され、咄嗟《とっさ》に払《はら》うことができなかったのが敗因だろう。短剣《たんけん》を落としたのもマズかった）

考えれば考えるほど出てくる未熟な部分に半ばうんざりして脱力《だつりょく》していたのだが……。

「ねぇ、寝《ね》ているの？」

「先に懐《ふところ》に入って首を狙《ねら》うべきだっ……た……？」

無邪気《むじゃき》な声に反応し、心の声が口から零《こぼ》れた。

「ん、起きたみたい」

幼子のような愛らしい声に誰だと瞼《まぶた》を持ち上げれば、天使が上から見下ろすように私の顔を覗《のぞ》き込んでいた。

比喩《ひゆ》でも何でもなく、本当に天使が……。

手触《てざわ》りの良さそうな金の髪《かみ》がサラリと肩《かた》から零れ落ち、大きなグリーンの瞳《ひとみ》は純度の高い宝石のようで、絵本に出てくる天使そのものが現れた。

瞬《まばた》きもせずジッと凝視《ぎょうし》していたからか、天使はギュッと眉《まゆ》を寄せたあと私の視界から消えてしまう。

「兄上、起きました」

「寝ていたわけではないと思うが」

「寝ていました。こう、うーんって」

もしかしたら私は柔軟をしながらいつの間にか寝ていたのだろうか？

「ほら、また寝ようとしています」

「セレス？」

「……え!?」

夢だったのかとがっかりしていたとき、再び天使と知り合いの声が聞こえ、慌《あわ》てて飛び起きた。

「ルド……？」

「久しぶり。セレスは、相変わらずだな」

私の服や頭についた草を払いながら相変わらずだと笑うルドは、背丈《せたけ》が伸び身体つきも良くなっている。王都へ戻《もど》ったあとも訓練を続けていたのだろう。

「お久しぶりです。もうそんな時期でしたか……此処《ここ》に居ると時間が過ぎるのが早くて」

「公式行事は全て不参加だったようだな。他はまだしも、まさか音楽祭まで欠席するとは思っていなかった」

「具合が……」

「凄《すご》く健康そうだが？」

「実は、持病がありまして」

胸を押さえながらルドを窺《うかが》えば、仕方がない奴《やつ》だと苦笑《くしょう》している。

王太子殿下であるルドとこんな気安い遣《や》り取りができるのも今年だけ。

ルドは学園に、私は軍学校へ。互《たが》いに道は違《たが》え、忙《いそが》しさで此処へ来ている暇《ひま》もなくなる。

無事に卒業したとしても、自身が居るべき場所から出ることはほぼない。

きっと、数十年後に貴重な体験だったと懐《なつ》かしむのだろう。

「ところで、そちらの……方は？」

危《あや》うく天使は？と声に出しそうになった……。

ルドの横にちょこんと立つ凄く可愛《かわい》らしい子を早く紹介《しょうかい》してほしい。

「あぁ、弟のレナートだ」

「初めまして。兄上に聞いて、お会いしたいと思っていました」

ルドにそっと肩を押され挨拶《あいさつ》を口にしたのは天使ではなく、第二王子殿下だった。

まさか変なことは言っていないだろうな？と胡乱《うろん》な眼《め》でルドを見るが、あの顔はきっと碌《ろく》なことを言っていないに違《ちが》いない。

「お初にお目にかかります。セレスティーア・ロティシュと申します」

「兄上が、同じ年頃《としごろ》の少女が砦で訓練を受けていると言っていたのですが、本当だったのですね」

「本来この砦は子どもが気軽に来られるような場所ではない。セレスは元帥《げんすい》の孫で、私は王族という特権を使っているので特別待遇《たいぐう》だ」

「では、僕も兄上と同じ特別ですね！」

「そうだな」

ルドに頭を撫《な》でられて喜ぶレナート様が可愛すぎる。

「訓練中にすまない。挨拶だけでも先に済ませようと思って来たのだが」

「まだ平気です。私の実地訓練は皆《みな》が終わってからなので」

既《すで》に始まっている模擬試合に気付いたのか、眉を下げ申し訳なさそうな顔をするルドに微笑《ほほえ》む。

「第二王子殿下も訓練を？」

「いや……王城よりも此処の方が安全だから連れて来たんだ」

声を潜《ひそ》め何やら物騒《ぶっそう》なことを口にしたルドに驚《おどろ》きながら、レナート様とは逆側に並び立ち肩がギリギリ触《ふ》れない程度まで身体を近付けた。

「父上の側室に子が産まれたのは知っているか？」

「はい。公式発表もされましたし、お爺様《じいさま》やルジェ叔父様も何度かそのことについて話しているようでしたから」

「もう元帥にまで話がいっていたか……。王位継承《けいしょう》権を持つ子は私とレナート、それと第一王女であるルリアーナの三人だったが、そこに側室が産んだ第三王子が加わった。喜ばしいことではあるが、その側室の後見人である伯爵家《はくしやく》に問題がある」

「水面下で王位争いが始まったのですか？」

「確実な証拠《しょうこ》はないが、此処に来る前にレナートに毒が盛られた。幸い侍従《じじゅう》が気付き回避《かいひ》できたのだが、恐《おそ》らく次もまたあるだろう」

「ルドは？」

「私は既に父上から王太子として指名されているのでレナートとは違い警護が厚い。ルリアーナは継承順位が下がったので心配はないが、レナートは違う。誰《だれ》も信用できない状《じょう》況《きょう》下で一人王城に残しておくわけにはいかなかった」

「此処も安全とは言えませんが」

「この砦に忍《しの》び込めるような者が居るなら、王城で身を隠《かく》していても無駄《むだ》だ」

　それもそうかと頷《うなず》く。

「それに、レナートも実戦的な剣術を習ったほうが良い」

「既に教師がいるのでは？」

「いるには……いるが、型通りの綺麗《きれい》な剣術すぎて、あれでは戦場に出て大丈夫《だいじょうぶ》なのかと不安になる。常に戦場に立つ軍人と比較《ひかく》するものではないとは分かっているが、レナートはいずれ騎士《きし》団長の職に就《つ》くことになる。戦場に出ることもあるかもしれないので元帥に教えを乞《こ》うのが良い。これは本人の希望でもあるしな」

「兄上は僕が守ります」

我が国の団長職は代々王族が受け継《つ》いでいて、順当にいけばルドが国王で第二王子殿下《でんか》は騎士団長という形に収まる。残る王子は能力や自身の選択《せんたく》によるが、大抵《たいてい》は国王陛下を補佐《ほさ》する道を選ぶ。

けれど、第三王子殿下側は毒まで盛るような人たちなのだから、それでは満足できないのだろう。

「国や民《たみ》を護《まも》る騎士団の長に信頼《しんらい》できない者を据《す》えることはない」

ついこの間まで婚約《こんやく》者や側近候補のことで疲弊《ひへい》していたのに、次は血の繋《つな》がった弟やその親族を警戒《けいかい》しなくてはならないとは、王太子だからこそ同年代の子どもたちより急いで大人になる必要があるのはとても辛《つら》いことかもしれない。

「まだ時間はあります」

「そうだな」

第三王子殿下が成人するのはまだ大分先の話で、そのときまでにルドと第二王子殿下が地盤《じばん》を固めておけば良いだけ。

それにしてもと、ルドと第二王子殿下をジッと見つめる。

彼等には幼い頃《ころ》から剣術を教える教師が居る筈《はず》なのに、毎年必ず王都から長い時間を掛《か》けて北の地まで訓練を受けにくるのだから、それだけ騎士と軍人では技術面において差があるのかもしれない。

戦う場所も護るものも違うのだから同じわけがないのだが、その違いが凄く気になる。

騎士団の訓練は月に一度だけ身分問わず一般《いっぱん》公開している。興味がなかったので行きたいと思ったことはなかったが、王都へ行ったら一度見学してみても良いかもしれない。

「ねぇ」

そんなことを考えながらリックさんに呼ばれ離《はな》れて行くルドの背中を目で追っていれば、右隣《みぎどなり》から恐ろしく冷ややかな声で呼び掛けられ空耳だと自分に言い聞かせる。

だって、これがあの愛らしい天使の声だとは信じたくない。

「セレスティーア・ロティシュ」

「……はい」

泣く泣く横を向けば、表情を失った人形のような顔をしている第二王子殿下の眼光は鋭《するど》く、天使の面影《おもかげ》は完全になくなっていた。

「伯爵家の一人娘《ひとりむすめ》だって？」

上から下まで私を観察したあと呟《つぶや》かれた言葉にコクコクと頷きながらも笑《え》みを浮《う》かべた。

こういったどうすれば良いのか分からない状況のとき、マナー講師からは静かに佇《たたず》み微笑んでいなさいと教わっていたからだ。

但《ただ》し、目上の者か立場が上の者に限るが。

「みすぼらしい恰好《かっこう》に……足が……」

ギュッと眉間《みけん》に皺《しわ》を寄せた殿下の言葉に何とも言えず、「ははっ」と乾《かわ》いた笑いが零《こぼ》れる。

装飾《そうしょく》のないシャツ一枚には着古したズボン。男性の前どころか王族の前に出られるような恰好ではなく、更《さら》に付け加えると動きやすさを重視した私のズボンは丈《たけ》が短く、足首が完全に見えている。

貞節《ていせつ》を重んじる貴族社会では、女性は足首まで隠れるドレスやスカート類を身につけなくてはならない。厳に隠すべきものとされているので、足の形が分かるズボンや丈の短いスカートは禁忌《きんき》とされている。伯爵令嬢《れいじょう》としては色々問題があるが、今の私は軍人見習いのようなものなので黙認《もくにん》してほしい。

「肌《はだ》も日に焼けているし、髪《かみ》も傷《いた》んでいる」

相変わらず無表情なのに、身長差の所為《せい》で若干上目遣《じゃっかんうわめづか》いになる殿下に少し和《なご》みつつ、うちの侍女《じじょ》たちから日頃《ひごろ》言われているようなことを口にするので笑ってしまった。

「母上の茶会に来る令嬢たちとは違《ちが》うと聞いていたが、想像以上に酷《ひど》い」

「はは、ははは……」

伸《の》ばされた殿下の手が私の肩《かた》についていた葉を摑《つか》み捨てたのを見て、もうひたすら笑って誤魔化《ごまか》すしかない。

言い訳をさせてもらえるなら、去年までの私はある意味完璧《かんぺき》な伯爵令嬢だった。

立派な淑女《しゅくじょ》、見習うべき令嬢と他家の夫人たちに称《しょう》されていた私は、家を出て迷惑《めいわく》も考えず砦《とりで》に押しかけ無茶《むちゃ》を口にする。身近な世界が全《すべ》てで、私にできないことや手に入らないものはないと思っていた傲慢《ごうまん》な子ども。

此処《ここ》で生活しているうちにその驕《おご》りはへし折られたけれど、一歩間違えればミラベルが言っていた通り学園内で女王様をしていたかもしれない。

「訓練をしていれば汚《よご》れて擦《す》り減っていくものです。大切なのは見栄《みば》えではなく、いかに汗《あせ》を吸収するかに加え、動きやすさと洗いやすさでしょうか。それらを重視した結果がこの恰好です」

「洗いやすさ？」

「はい。訓練後の洗濯《せんたく》が一番大変なので」

「洗濯……」

ただの貴族の令嬢だった私は、真面目《まじめ》に努力を怠《おこた》らずより良い未来に向かって頑張《がんば》っている。

「肌や髪を気にしていたら訓練はできません。一応、これでも多少は気を付けて手入れをしているのですが」

「当然だ」

神経を擦り減らしながら日々外面に気を遣《つか》っているのは私ではなく、侍女たちなのだが。

「基礎《きそ》体力訓練では早朝以外は屋内だったのでそうでもなかったのですが、今は実地訓練で外に居ることが多いので仕方がないのです。これでもマシなほうですよ？　夏はもっと酷いことになりますから」

「……」

胸を張って言ってみたら、無表情だった殿下が瞠目《どうもく》したまま動かなくなってしまった。

何がいけなかった？　最後の言葉が余計だったのか……？

どうすれば良いのか分からず途方《とほう》に暮れている中、先に動きを見せたのは殿下だった。

「実地訓練とは、あれのことを言っているのか？」

殿下が指差したのは円の中で激しい応戦を繰《く》り広げている者たちや、地面に倒《たお》れ伏《ふ》しながら罵声《ばせい》を上げている者たち。

私にとってはいつもの光景なのだが、初めて目にした殿下には刺激《しげき》が強かったらしく顔が青褪《あおざ》めている。

「そうです」

「あれ、なのか」

重々しく頷きながら、円の外で食い入るように模擬《もぎ》試合を観戦しているルドに目を細めた。王都の騎士団の訓練くらい見放題な筈のルドが、何故《なぜ》私たちを放置したまま円の外で歓声《かんせい》を上げているのか……。

さっさと戻《もど》って来いと念を送ってみるが振《ふ》り向きもしない。

「それも、使えるのか？」

それとは何だろうと殿下の視線の先を辿《たど》れば、そこには私が愛用しているダミー武器が転がっていた。

「はい。振ってみせましょうか？」

「ん……」

ダミーとはいえ危ないので殿下《でんか》から少し離れた位置まで移動し、足を横に開いてしっかり立ちながら手に馴染《なじ》んだ剣《けん》を振った。

「ふ……っ」

リックさんに教わった通りに何度も振り続け、緩急《かんきゅう》をつけたあと逆手に持ち替《か》えながら空いている方の手を腰元《こしもと》へ移動させ素早《すばや》く短剣を握《にぎ》る。昨日はこの動作が遅《おそ》く、先に首元に剣先を突《つ》き付けられていた。

同じ動作を繰り返し、うまくいけば次へと移る。

軍学校で基本的な形は教わるが、何度か戦場へ出ればそれらは全て自己流に変わっていくらしい。人によって大分違うのだと聞き興味を持った私は、手本と称してお爺様《じいさま》に一度剣を振って見せてもらったことがある。

だが、流石元帥《さすがげんすい》。剣の扱《あつか》いが常人の域を超《こ》えていて全く手本にならなかった。

えた瞬間《しゅんかん》。ルジェ叔父様《おじさま》のように両手に剣を持つのも憧《あこが》れると、短剣を放《ほう》り右から左へ剣を持ち替

「……っ⁉」

視界の端《はし》に映ったのは第二王子殿下で……。

軽く数回振って見せるだけのつもりが、いつの間にか没頭《ぼっとう》して殿下を放置していたことに漸《よう》く《や》気付いた。

「んんっ、このような感じでしょうか？」

息を整えながら咳払《せきばら》いし、忘れていませんよ？　少し張り切り過ぎただけですよ？　と誤魔化すが、殿下の冷たい視線に耐《た》えきれずそっと目を逸《そ》らした。

「貸して」

「どうぞ……？」

剣を寄越《よこ》せと言うので渡《わた》すが、受け取った殿下の腕《うで》はガクンと下がり身体《からだ》がよろめく。

「これ、本物と同じ重さなのか？」

「はい。初めはもっと軽い物を使っていたのですが」

物足りなくて……と言葉にする前に口を閉じた。これ以上私の印象を損《そこ》ねるわけにはいかない。

「兄上や僕が城で使っている木剣は、これよりも軽い物だ」

「ダミー武器はある程度鍛《きた》えていないと持たせられないと言われましたから鍛えました。ルドが此処で使用しているダミー武器も木剣と同じ重量でしたが、もしかしたら今年はもう少し重くするかもしれませんね」

ダミー武器よりは軽いかもしれないが、木剣もそれなりに重量がある。木剣を難なく振れるようになれば本物と変わらない重さのダミー武器が使える。ルジェ叔父様のように両手に剣を持つような人は更に重量を上げていくらしい。

二、三度ダミー武器を振り直《す》ぐに地面に剣先を下ろす。それを数回繰り返したあと殿下が「重い」と口にした。

それはそうだろう。その武器は私専用にお爺様が作らせた、サイズは子ども用でも重さは大人でも腕が痺《しび》れるという特注品だ。

「兄上や僕と歳《とし》が変わらない貴族の少女が、ランシーン砦で厳しい訓練を受けているなんて誇張《こちょう》していると思っていたんだ」

第二王子殿下だけではなく、誰《だれ》が聞いても誇張された話だと思うだろう。

「最近は、兄上に気のない素振《そぶ》りをして態《わざ》と関心を引こうとする者が増えていてうんざりしていた。だから、セレスティーアもそうなのだと……でも、違ったんだ」

安心したのかふにゃっと微笑《ほほえ》んだ殿下の破壊力《はかいりょく》が凄《すご》すぎて、私はよろけながらガクッと地面に膝《ひざ》をついていた。

「セレスティーア!?　だ、大丈夫《だいじょうぶ》？」

「はい、少し動悸《どうき》と眩暈《めまい》が……」

「横になる？　水は……そうだ、アルトリードを呼んでくるね」

「いえ、もう治まりましたので」

今しがたまで無表情で冷たい態度を取っていた殿下が急に無防備な笑顔《えがお》を見せてきたのだ、その愛らしさに心臓が悲鳴を上げそのまま地面に頽《くずお》れ身悶《みもだ》えるのは必然のこと。

だが、私のこの奇行《きこう》は殿下をとても驚《おどろ》かせてしまったらしく、しゃがんで私の顔を覗《のぞ》き込む殿下の顔は今にも泣きそうで、マズイと思った私は急いで立ち上がった。

「本当に大丈夫なの？」

「はい」

眉《まゆ》を下げ不安げな顔で落ち着きなく動く姿はまるで子犬のよう。

恐《おそ》らく、これが本来の第二王子殿下の姿なのだろう。

身内から毒を盛られ信頼《しんらい》できる人が少ないのだから、警戒《けいかい》するのも猜疑《さいぎ》心《しん》が強いのも仕方がない。

納得《なっとく》がいくまで確認《かくにん》することは大事だし、自分の身を守る為《ため》には必要なこと。

ただ、殿下の身に持つ色彩《しきさい》は冷たさを感じさせてしまうものなので、表情を消し凄んだだけでかなり恐ろしかったりする。

こんなに愛らしい笑みを浮《う》かべる方なのだから、勘違《かんちが》いされなければ良いが。

「セレスティーア？」

「……あ」

無意識に殿下の頭を撫《な》でていた。私と殿下の身長差が十センチ以上は離《はな》れているので幼い子どもに接するかのように動いてしまった。

流石にこれは怒《おこ》るだろうとコクリと喉《のど》を鳴らし、殿下の頭からゆっくりと手を持ち上げていくが、当の本人はあどけない顔で私を見上げているだけ。

もう少し、あと少しと完全に手が離れる瞬間、背後から吹《ふ》き出す音が聞こえた。

「ルド……」

「いや、すまない。二人の遣《や》り取りが面白《おもしろ》くて……しかし、この短時間で随分《ずいぶん》と仲良くなったものだな」

「どこかの誰か様が模擬試合に夢中で私たちを放っていましたから」

「あれは私の楽しみの一つなのだから許してほしい。それに、そろそろセレスの番だと聞いたから呼びに来たんだぞ？」

「今日は随分と早いですね」

「私たちが来たからリックが気を遣《つか》ってくれたのだろう」

「この時間なら二戦くらいはできそうです」

気遣《きづか》いは甘んじて受けようとその辺に放ってある私物まで移動し、タオルや飲み物と共に置いていた物をズルッと引き上げた。

「それは？」

「鎧《よろい》ですよ？」

初めて見るのだろうか？

私の手元を凝視《ぎょうし》する第二王子殿下に広げて見せたあと、小さな鉄の輪を繋《つな》げて作られた鎧をシャツの上に装備し軽く飛び跳《は》ねる。薄《うす》いシャツの下には厚手の袖《そで》がない下着を着ているから擦《こす》れて肌《はだ》を傷つけることはない。

身体を捻《ひね》り、肘《ひじ》を曲げ、念入りに動作の確認をしたあとダミー武器を摑《つか》んだ。

「もう鎧を着けて訓練をしているのか？」

「砦《とりで》に居るうちに慣れておこうかと思いまして」

「重量は？」

「そのままです。ダミー武器は徐々《じょじょ》に重さを増やしていますが」

「……うっ」

私の予備のダミー武器を片手で持ち上げ唸《うな》るルドの肩《かた》を軽く叩《たた》き、模擬《もぎ》試合をしている広場の中央へ向かう。

「ご心配なさらず。罷《まか》り間違っても、あのようなことにはなりません」

あのような……と指差したのは、円の外で地面に転がりながら悪態を吐《つ》いている負け続けた軍人たちのことだ。

昨日までの私もあれに交じって転がっていたが、それは忘れよう。

折角《せっかく》誤解が解けて警戒も薄れたのだから、ここで良いところを見せれば稀《まれ》にあの愛らしい笑顔を見せてもらえるかもしれない。

そんな下心があったのがいけなかった。

一戦目は引き分けたのに、二戦目のダンとの試合で惨敗《ざんぱい》した。流石《さすが》にまだ負けないからとケラケラ笑うダンを睨《にら》みつけ、悔《くや》しさと不甲斐《ふがい》なさで地面に転がる寸前……穴が開くのではないかというくらい私に向けられている熱い視線の出所が第二王子殿下《でんか》だと知り、曲げていた背を即座《そくざ》に伸《の》ばしてその場で地団太を踏《ふ》む程度に止《とど》めた。

「セレスティーア！　凄い、凄く格好良かった！」

瞳《ひとみ》を輝《かがや》かせ興奮しながら試合内容を語り質問する殿下に苦笑《くしょう》しながら、丁寧《ていねい》に答えていく。

少し離れた場所に立つルドは無邪気《むじゃき》にはしゃぐ殿下の姿を嬉《うれ》しそうに眺《なが》めていて、そんな姿を見せられては訓練に戻《もど》れるわけもない。

「セレスティーア、聞いている？」

「はい」

「あの短剣《たんけん》の使い方は……」

まだまだ続きそうな質問攻《しつもんぜ》めに、こうなったら飽《あ》きるまで付き合おうと鎧を脱《ぬ》いだ。


「シャツは薄手《うすで》の物と厚手の袖がない物を数枚、色は汚れが目立たない物を。訓練内容によっては三日ほどで生地《きじ》が駄目《だめ》になることもあるので、替《か》えは常備しておいてください。あとは、通気性や汗《あせ》を吸収するかどうかと他《ほか》にも色々あるのですが、その辺はルドかアルトリードさんに相談しながら決めれば良いかと。王都の物と比べると多少品質は落ちますが、軍人の街ですから安くて丈夫《じょうぶ》な物が沢山《たくさん》ありますよ」

「うん。丈夫な物……沢山……」

「そこは書かなくても」

一生懸命《いっしょうけんめい》メモを取るレナートにほっこりしながら、私は汗だくで素振りをしている最中だ。勿論《もちろん》直ぐ側《そば》にはルドも居て、額に張り付く髪《かみ》を鬱陶《うっとう》しそうにかき上げながら重量を増やしたダミー武器を振《ふ》るのに集中している。

「ルド、何かアドバイスはないのですか？」

「……っ、今はそれどころでは」

「兄上はお忙《いそが》しそうなので、アルトリードに訊《き》いておきます」

「だそうですよ、ルド」

「気を遣わせて、すまない……」

「休憩《きゅうけい》時間が終わるので戻ります。二人共頑張《がんば》ってください！」

ふにゃふにゃと微笑んだレナートはメモを荷物の上に置き、離れた位置に立つアルトリードさんの下《もと》へ駆《か》けて行った。連れだって歩くアルトリードさんに積極的に話し掛《か》けているレナートは何やら楽しそうで、あの様子を見る限りまだあの洗礼は受けていないのだろう。

「大分慣れてきたようですね」

「そのようだ。一週間前までは身体《からだ》が痛いと言って、朝起きるのも苦労していたからな」

一日中基礎《きそ》訓練を行っているのだからそうなるのは当たり前だ。

寧《むし》ろ、たった七日で休憩時間に訓練場から私たちが居る場所まで毎回移動して来ていることが信じられない。

訓練初日に早朝の走り込みに参加したレナートは一時間ほどで意識を朦朧《もうろう》とさせ、いつ倒《たお》れてもおかしくない状態で歯を食いしばって走っていたのだが、残り数十分で糸が切れたかのように倒れてしまった。私たちは慌《あわ》ててレナートを治療《ちりょう》室まで運んだ。

それを眺めていたダンが「セレスより根性《こんじょう》が……」と余計なことを口にしそうだったので、トムがダンの口を手で覆《おお》い、私は脛《すね》を蹴《け》っておいた。

そもそも早朝訓練にレナートが参加する予定はなく、ルド同様ひっそりと剣術を鍛《きた》える予定だった……らしい。アルトリードさんがすまなそうな顔でそう言っていた。

では何故《なぜ》その予定が変わったのかと言うと、ダンに敗北したあの模擬試合のあとからレナートが私のあとをついて歩くようになったからだ。

ルドのように略式で名前を呼び合い、同じ訓練を受けたいのだと力説するレナートに甘いルドと私は、護衛兼《けん》保護者として此処《ここ》に居るアルトリードさんを窺《うかが》った。

「無理です」

ルドとレナートは砦内を勝手に歩くことはできず、私と顔を合わせるのは訓練のときだけ。食事の時間も別なのだと説明されたレナートは瞳を潤《うる》ませ無言でアルトリードさんに抗議《こうぎ》をするが「決まりです」と一蹴《いっしゅう》されてしまった。

諦《あきら》めきれなかったのかレナートは早朝訓練を受けたいとリックさんに直談判《じかだんぱん》をし、側でそれを聞いていたルドが便乗すればアルトリードさんは降参だと両手を上げた。

リックさんはどうするのかと眺めていたら、「僕は元帥《げんすい》やセレスのようになりたいのです」という言葉に目をギラリと光らせた……。

お爺様《じいさま》に手加減するなと言われていたロナさんと同じような瞳をしたリックさんを目撃《もくげき》

した私は、やる気に満ちているルドとレナートの冥福《めいふく》を祈《いの》っておいた。

「まだ辛《つら》そうですが、倒れることはなくなりましたからね」

「いや、まだ結構辛いぞ。あれをずっとこなしているのだから」

「持続できているのですから凄《すご》いことですよ」

「随分とセレスに心酔《しんすい》しているからな。まぁ、その気持ちは分かるが」

「私にというよりは、打撃術やダミー武器に感銘《かんめい》を受けたのでは？　始終目を輝かせていましたし、私も初めはあのような感じでしたよ」

「それもあるだろうな」

目の前であんな無様に負けたのだから、心酔するとしたら私ではなくダンだろう。


——それに。


「では、少し訓練場に行ってきます」

「ん……、何かあるのか？」

「あるといえば、あるかと」

レナートの基礎訓練メニューはお爺様が私に作ったものを使用していると聞いている。

早朝訓練で倒れているような者が、たったの七日で休憩時間に訓練場と広場を往復できる体力を残して訓練をこなせるわけがない。

レナートを監督《かんとく》しているのはロナさんとリックさんではなく、王族に仕えているアルトリードさん。

「ルドは、レナートを将来騎士《きし》団長の職に就《つ》かせたいと言っていましたよね？」

「そうだが……セレス？」

「では、行ってきます」

「いや、待て、何をする気だ!?」

どれだけ心酔していようが、憧《あこが》れを持たれていようが、今から私がする行いによって嫌《きら》われてしまうのだから。

背後からルドの焦《あせ》った声が聞こえてきたがそれを無視し、訓練場へと向かった。


私も週に何度かは日が当たらず風通しの良い訓練場で基礎訓練だけを行う日を設けている。

「よっ、と……」

隅《すみ》に置かれた桶《おけ》二つに水をたっぷり汲《く》み入れて両手に持ち、レナートが突《つ》っ伏《ぷ》している訓練場の中央まで足早に歩く。気付いていても止めないアルトリードさんの横を通り過ぎレナートの前に立った。

「さっさと立て」

そう一言告げ、顔を上げたレナートに水をぶっかける。

「……っ、ごほっ」

「ほら、早くしろ」

「うわっ、うっ……げほっ」

咽《むせ》るレナートに容赦《ようしゃ》なく二つ目の桶の水を被《かぶ》せ、微笑《ほほえ》みながら傍観《ぼうかん》しているアルトリードさんを睨んだ。

「甘やかすとためになりませんよ」

「私よりも貴方《あなた》が行ったほうが効果はあるかと思いまして」

しれっと訓練メニューを差し出してきたアルトリードさんを恨《うら》めしく思いながら、唖然《あぜん》としながらも立ち上がるレナートに「よろしい」と告げる。

ランシーン砦《とりで》、地獄《じごく》の基礎訓練はこれからが本番だ。

「次、直《す》ぐに動け」

無駄《むだ》な休息を挟《はさ》まないよう次々と指示を出し続けていく。

困惑《こんわく》しながらもレナートは指示された通りに動くが、当然のことながら途中《とちゅう》で体力が尽《つ》き真上から水をかけられる。それを何度か繰《く》り返していたところ、限界が訪《おとず》れたレナートが「こんなの訓練じゃない……」と弱音を吐《は》いた。

王族という地位を使って非難してこなかった分レナートの評価を上げるが、元帥と大佐《たいさ》が試行錯誤《さくご》しながら幼い子ども用に作った訓練メニューにケチをつけたのは減点だと、レナートの顎《あご》を摑《つか》み無理矢理《むりやり》顔を上げさせた。

「だったら、どんなのが訓練だ？」

「……どんなのって」

「私は軍人ではないから、新兵の安全や訓練に責任を持つ軍曹《ぐんそう》ではない。だが、レナートに関しては本人の強い希望を重視し、アルトリードさんが責任を持ち、私が経過を観察することで訓練の参加が認められた。武器の取り扱《あつか》い、訓練への姿勢、誤りがあれば指摘《してき》し正さなくてはならない」

「セレス……？」

「私が一年前に歯を食いしばってこなしていたことを自ら行うと言うから様子を見ていたが、どうやら私も相当甘やかしていたらしい」

「なにを……っ、痛い」

顎から手を離《はな》し、レナートの柔《やわ》らかそうな頰《ほお》を指で引っ張る。モチモチだ……。

「此処は子どもの遊び場ではない。国を護《まも》る為《ため》に生死をかけて戦う者たちが日々己《おのれ》を磨《みが》く場所であり、戦争となれば戦場の最前線だ。お荷物を抱《かか》えて過ごす軍人たちに迷惑《めいわく》をかけるくらいなら、王都へ帰るか砦の中で大人しくしていろ」

頬から指を離し、トン……と額を押しふらついたレナートに冷笑《れいしょう》を向ける。

「ただの貴族の令嬢《れいじょう》がこなしていたこともまともにできず、泣き言を言うような奴《やつ》が将来騎士団長になれるわけがない。国王となるルドを守る？　寝言《ねごと》は寝てから言え」

言葉はキツイかもしれないが、国王となるルドや軍事貴族として後方で支援《しえん》を行う私より、騎士を統率《とうそつ》し戦場へ出る騎士団長を目指すレナートのほうが道は険しい。

何の功績もない第二王子というだけでは騎士団長に就いたとしても、第三王子が成長した途端《とたん》にその地位を奪《うば》われてしまうかもしれない。

お爺様が軍を引退してもランシーン砦で好き勝手できるのは、数々の功績と名声、人脈を持っているからこそだ。

国の英雄《えいゆう》、国の要《かなめ》。

目に見えて分かる功績やそれによって齎《もたら》された恩恵《おんけい》が大きいほど、民《たみ》は彼でなくては駄目《だめ》なのだと声高《こわだか》に叫《さけ》び、貴族は様々な思惑《おもわく》を持ち利用しようと擦《す》り寄る。

その全《すべ》てを利用し、国が割れ家族が苦しむようなことは二度と起こさせないのだとお爺様は笑っていた。

だから、地盤《じばん》を固めるには基礎《きそ》訓練くらい余裕《よゆう》でこなせるようになってもらう。

「アルトリードさん。此処《ここ》に居る軍人は弱いですか？」

「いいえ、軍曹クラスであれば王都の騎士団にも居ますが、大佐となると……互角《ごかく》に戦えるのは各隊の団長や副団長くらいでしょうね」

「ランシーン砦には大佐が十五名。軍曹が四十名ほど居ます。ついでに言えば、ロティシュ家の私兵はほぼ全員が軍曹クラスです」

「……それは、凄い」

「お爺様が長年自ら鍛《きた》えている者たちです。その息子《むすこ》たちも、父や砦の軍人を見て幼少の頃《ころ》から我が家の私兵か軍人を志しています」

国境沿いにある砦は此処だけではないが、友好国ではなく敵国と認定《にんてい》されている二国と睨《にら》み合うランシーン砦には他《ほか》よりも戦力が割《さ》かれ、より優秀《ゆうしゅう》な者たちが配属されている。

「レナートは、平民や貴族の令嬢にも劣《おと》る騎士団長になるつもりですか？」

「……僕は、この国で一番の騎士団長になって、兄上を守りたい」

拳《こぶし》を握《にぎ》り締《し》めながら射るような眼差《まなざ》しを向けるレナートに小さく頷《うなず》き、訓練メニューを目の前に突き付けた。

「私は、自分よりも弱い男に従うなど願い下げだ」

本当に、損な役割だ……と内心涙《なみだ》していたのは内緒《ないしょ》だ。

連日訓練場には怒声《どせい》と笑い声が響《ひび》いていた。

怒声はルドとレナートで、笑い声はダンを筆頭とした軍人たちのもの。

息つく間もなく次から次へと流れ作業のように訓練メニューをこなすレナートと、何故《なぜ》かこちらにも加わったルドを横目に、私とアルトリードさんはせっせと水を汲み、仁王立《におうだ》ちして肩《かた》に木剣《ぼっけん》を載《の》せたダンの横に置いていく。

「ううっ……っは」

「レナート、駄目だ、起きろ……」

「はい、レナートは失格！」

ダンが軽く木剣を振《ふ》ると、それが合図となり桶を持った軍人がレナートの頭に水を被せた。

「ぶはっ……うえっ、この……」

「あははは、悔《くや》しかったらもっと鍛えろ！　これから冬だからな、もっと厳しくなるぞ！　ほら、ルドも失格」

「なっ、げほ……」

「すみません、これも仕事なので」

腕立《うでた》て伏《ふ》せ中に意識が遠のいたレナートがずぶ濡《ぬ》れでダンを睨んでいる間、その横でルドが地面とお友達になっているのを目ざとく発見したサーシャは申し訳なさそうに一言告げて水をぶっかけた。一応謝罪はしているが、躊躇《ためら》いなど一切《いっさい》ない。

「レナートは仕方がないとして、何故ルドまで基礎訓練を？」

「弟には負けたくないという兄心かと。それにしても……凄《すご》い光景ですね」

「此処では例外なく皆《みな》が通った道です」

「騎士《きし》団で同じことをすれば厳しすぎると騒《さわ》がれそうです」

「これでもまだ甘いほうですよ？　溺《おぼ》れていないのですから」

「……溺れる？」

「連続であれをくらうと呼吸ができず溺れます」

「呼吸が……」

「心配しなくても、一回り小さい桶を使っていますから大丈夫《だいじょうぶ》ですよ」

皆優《やさ》しいからと、唖然とするアルトリードさんの肩を叩《たた》いた。

「騎士団での訓練とそう中身は違《ちが》わないのに、こちらのほうが過酷《かこく》ですね」

「この地はいつ戦場になってもおかしくはない所ですから。雨が降ろうが雪が降ろうが、泥水《どろみず》の中を進んで敵と交戦するのは当たり前のことらしいです。だからこそ精神面と体力面を鍛えるのは重要なことだとか」

「普段《ふだん》から王都という安全な場所で訓練をする騎士は地べたに這《は》い蹲《つくば》ることもなく、水をかけられながら自身を追い込む訓練など日常的にしませんからね」

だからか、いざ戦場へと出たときに一月《ひとつき》ほどの野営にすら騎士たちは耐《た》えられず、軍を率いていたお爺様《じいさま》は「偉《えら》そうに的外れな指示を出すだけの無能集団」と評価を下したらしい。

だが、未来の騎士団長が軍人と共に訓練し、尚且《なおか》つその訓練をこなせているのであれば、もしレナートが戦場へ立つ日が来ても軍は彼を侮《あなど》ることなく力になってくれる筈《はず》だ。

「レナートが軍学校へ通う予定はありませんよね？」

「王都の学園ではないかと」

「そうですよね」

先々のことを考えれば軍学校も良いかもしれないのでは？　と思うのは、私がおかしな方へ突《つ》き進んでいる所為《せい》なのか……。

そろそろ休憩《きゅうけい》だろうと水筒《すいとう》を片手に水浸《みずびた》しの二人に近付くと、先に私に気付いたレナートが涙目で何かを訴《うった》えてくるが笑顔《えがお》でそれを流す。

「タオルと水分補給を。ルドは、顔に土が」

「あぁ……どうだ、大分慣れてきたと思わないか？」

「そうですね、それなら桶《おけ》を通常の物に戻《もど》しましょうか？」

「いや、すまない、調子に乗った！」

ギョッとして慌《あわ》てるルドの顔にタオルを押し付け、強張《こわば》った表情をするレナートの前に立ち、膝《ひざ》を曲げ視線を合わせた。

「前に私が言ったことを覚えていますか？」

「うん。弱い騎士団長にはならない」

「覚えていますね」

小さな頭をタオルで包み込み水分を拭《ふ》きとっていると、ジッと嬉《うれ》しそうに享受《きようじゆ》していたレナートがハッとした顔をして私の手から逃《のが》れ唇《くちびる》を尖《とが》らせた。

「僕はそんなに子どもじゃないよ。あっという間に追いついて、セレスよりも強い男になるから。だから、セレスは自分の訓練に戻って！　見ちゃ駄目！」

顔も拭いてあげようとタオルを持っていた手は空を切り、声を掛《か》ける前にレナートは走り去ってしまう。

「見ないでどう指導しろと……？」

「指導はもう必要ないのでは？　レナート様だけでなくルド様も加わったことで護衛兼《けん》指導係として交代で軍人が数名側に就《つ》くようになりましたから」

「……」

「それに、男なら女性に成長過程は見られたくないものですよ」

よく分からないがアルトリードさんの言葉にそういうものかと頷き、ダンやサーシャと戯《たわむ》れているレナートを見て少し悲しくなってしまった。

砦内《とりで》に鳴り響く重低音を耳にしながら紅茶を啜《すす》る。

教わっている三つの警報音の中で重要度が一番低いその音に身構えることもなく、椅子《いす》をくっつけて隣《となり》に座るレナートの頭を優しく撫《な》でた。

「今年は西が二度、東がこれで四度目。どれも偵察《ていさつ》に対しての威嚇《いかく》ですからそう怖《こわ》がることはないかと」

落ち着かないのか、ウロウロと視線を泳がせ頻《しき》りに窓へ顔を向けるレナートに説明する。

「春に来たときの襲撃《しゅうげき》と比べれば砦内は静かだ。だから、レナート。その膝の上に置いている剣は私が預かろう」

「負傷者が出るような戦闘《せんとう》ではなさそうですね。レナート様、何かあれば私がお守りしますので、さぁ、温かいうちにお飲みください」

「……んっ」

レナートは私とルドとアルトリードさんを窺《うかが》いながらコクリと頷き、まだ温かい紅茶に口を付けた。

カップを両手で持つ姿は可愛《かわい》らしく、その姿に頬《ほお》を緩《ゆる》めそうになるのを必死に堪《こら》えていれば、対面に座るルドは堪えきれず目尻《めじり》を下げ締まりのない顔をしている。

「前触《まえぶ》れもなくこの音が鳴れば不安にもなるだろう。私も何度もアルトリードに大丈夫なのかと確認《かくにん》していた」

「兄上が？」

「事前に説明を受けていたから何とかなるだろうと思っていたが、いざそうなると頭が真っ白で震《ふる》えることしかできない。だが、セレスは違ったんだ」

瞳《ひとみ》をキラキラさせて私を見上げるレナートから逃《に》げるように顔を逸《そ》らす。

ルドは私は違うと言うが、そんなことはない。私だって初めてこの音を聞いたときは意味もなく部屋の中を歩き回り侍女《じじょ》の側《そば》を離《はな》れなかった。

流石《さすが》に二年目ともなれば色々慣れるもので、それでも警報音は今でも驚《おどろ》くし、負傷者が出れば心臓が嫌《いや》な音を立てる。

「落ち着いて状況《じょうきょう》を把握《はあく》していたし、治療《ちりょう》まで手伝っていた」

「東と西の情勢も頭に入っていましたし、脱出《だっしゅつ》手段やそのあとの手配まで完璧《かんぺき》でしたよ」

「凄い……」

ルドとアルトリードさんが過剰《かじょう》に私を褒《ほ》める所為で、レナートのキラキラ圧が強まるのでやめてほしい。

「学校で後《おく》れを取らないよう学んだだけです。もう時間があまりないのでこれでも不安なのですが」

「そうか、もうすぐだったな。準備は終えているのか？」

「一応は。ただ、書類関係がまだなので」

「入学書類のことか。まだ伯爵家《はくしゃくけ》から届かないのか？」

「届かなくて当然というか、そもそも許可を得ていないというか……」

軍学校へ提出する書類の中には親の承諾書《しょうだくしょ》がある。それは先月手紙と一緒《いっしょ》に送ったのだが、返ってきたのは書類ではなく「そちらへ行く」と一言書かれた手紙のみ。

封筒《ふうとう》を逆さにしても、中を覗《のぞ》いてもその紙一枚だけだった。

「待て、伯爵から許可を得ていなかったのか⁉」

「家出のようなものでしたから」

「何があった……？」

微《かす》かに緊張《きんちょう》が混ざった声で問うルドにどう伝えるべきかと考える。以前のときとは違って家を出たと口にしては誤魔化《ごまか》すことも不可能で、ルドは誤魔化されてくれる気もなさそうだ。

「私に婚約者《こんやくしゃ》が居ることは伝えてありましたよね？」

「婚約者の所為か？」

まだ何も言っていないのに憤《いきどお》るルドに苦笑《くしょう》しながら続きを口にする。

「関係がないとは言えませんが、切っ掛けは義妹《ぎまい》です」

「義妹が居るのか？」

「はい。母が亡《な》くなった翌年に、お父様が亡くなった親友の妻と子を家に入れました」

「父上や元帥《げんすい》から聞いたことがなかったので知らなかった」

「公式行事やお茶会などでは後妻と養女として名乗っていますが」

「その義妹はセレスに何をしたの？　虐《いじ》められたの？」

「いえ、そういったわけでは」

「私とレナートはセレスを信用して全《すべ》て話しているというのに、セレスは違《ちが》ったようだ」

「ルド……」

その言い方はズルイのではないかと視線で咎《とが》めたが無駄《むだ》だった。近くに待機している私の侍女を呼び寄せ何があったのか話すようにと命令している。

「分かりました、話しますから！」

家を出る前からミラベルを非難していた人たちなのだ、何をどう言うか分からない。

仕方なく予言のことを含《ふく》めた家を出るまでに起きたことを全て話し、後悔《こうかい》はしていないということを伝えた。

「予言だと言われ素直《すなお》に信じることはできないが、実際にその通りに事が進んでいるのだから嘘《うそ》だとも言えないな」

「兄上、その子は常識がないのかもしれません。義姉《ぎし》の婚約者ですよ？」

「予言を実現させようと動いているのかは分からないが、その少女の行いは常識がないと言われても仕方がない」

そのおかしな少女にルドは魅《ひ》かれ、フロイド様と争うのだとは言えなかった。

二人に関しては私が学園に通わないので予言が実現することはなく、あれは幼い少女のただの願望となってしまうのだから。

「そのようなことがあったので勢いで家を出ました」

「それも凄《すご》いことだが」

「なので、社交シーズンが終わる頃《ころ》にはお父様が書類を持って砦に来ると思います」

「もうあと数ヵ月で入学だというのに。軍学校は入学試験のようなものがあるのだろう？　私はそちらの準備について訊《たず》ねたつもりだったのだが」

「入学試験ですか？　事前に学校へは行きますが、身体検査と体力測定があるくらいですよ」

「そうなのか？　ダンが数百名と試合をして勝ち残ったものだけが入れるのだと」

「簡単に騙《だま》されないでください」

どうしてあのダンの言うことを疑わずに信じるのだろうか……。

「伯爵が何もご存知でないなら、寮暮《りょう》らしに必要な物はまだ揃《そろ》えていないのではありませんか？」

「お爺様《じいさま》が日用品と剣《けん》があればどうとでもなると言っていたのですが」

「なるわけがないだろう……駄目《だめ》だ、頭が痛い」

レナートの空になったカップに温かい紅茶を注ぐアルトリードさんにそう問われ、頬をかきながら答えたらルドがテーブルに突《つ》っ伏《ぷ》してしまった。

「私も学園での生活しか知らないので何とも言えませんが。確か、入学前に制服や部屋の内装の手配、受講コースの選択《せんたく》とそれに関する教材。騎士《きし》科で扱《あつか》う剣と馬は各家で愛用しているものがあれば申請《しんせい》しました。あとは侍従《じじゅう》の人数の申告ですが、ルド様の場合はそこに護衛の人数が加わります。これら全て家の者が手配しましたが」

「その手配を任せる人が何も知らされていなかったんだぞ？　本人はこれだしな」

呆《あき》れた顔でこれと私を指差すルドに首を傾《かし》げた。

軍学校に入学する者たちはほとんどが平民だ。貴族も居なくはないが剣に馬といったものを用意しているわけがない。

そもそも、国が運営する学校なのだから必要な物はある程度支給品として用意されているような気がする。

「街で軍学校の生徒を見かけますが、彼等は自身で買い物をしていましたよ？　貨幣《かへい》はお持ちですか？」

「流石に幾《いく》らか持ってはいるだろう。だが、私もそうだがセレスも財布《さいふ》など持ったことがないだろう？」

「失礼な。私は財布を持っています」

「実際に買い物をしたことはあるのか？」

買い物……？

ルジェ叔父様《おじさま》に必要な物を買うようにと財布を貰《もら》ったが、使ったことはない。此処《ここ》へ来た当初は訓練がきつく街に行く余裕《よゆう》もなかったし、必要な物は大抵侍女《たいていじじょ》が揃えてくれているので困ることがない。サーシャに誘《さそ》われ月に一度くらいは街へ出るが特に何も買わないので財布を出したことすらないのでは？

「訓練がありましたので」

「しれっと嘘を吐《つ》くな」

ははは……と頬を掻《か》き、話を逸らそうとやけに大人しいレナートに顔を向ければ、元々大きな目を更《さら》に見開き口をパクパクと動かしている。

綺麗《きれい》な顔でそんなことをされては少し怖《こわ》い。

「レ、レナート？」

「軍……」

「ぐん？」

「ぐ、軍……軍学校って……」

軍学校に入ることはルドとアルトリードさんには話していた。お爺様やルジェ叔父様、この砦《とりで》に居る人たちは皆《みな》知っていることなのだが、そう言えばレナートに話したことはなかった。

「どうしてセレスが軍学校に？　兄上と学園に通うのでは？　寮とか、書類って、軍学校のことだったの⁉」

「詳《くわ》しいことはルドに」

「私に丸投げするな！」

予言もそうだが、初対面のときにルドに言った言葉も嘘ではない。

さて、このご機嫌斜《きげんなな》めの天使をどう説得しようかと考えながら、温《ぬる》くなった紅茶を口に含んだ。

早朝訓練を終え、首元を伝う汗《あせ》をタオルで拭《ぬぐ》いながらお爺様が居る執務室《しつむ》の扉《とびら》を叩《たた》いた。

普段《ふだん》なら「入れ」と低い声が扉の向こうから聞こえてくるのに、今日は返事がない。

不在なのだろうかと首を傾げるが、この時間に来るように言ったのはお爺様だ。取り敢《あ》えず入って確認《かくにん》してみようと、中に聞こえるように大きな声で「失礼します！」と告げ扉を開けた。

軍の上層部に位置する大佐《たいさ》たちの部屋がある区画もそうだが、砦のトップが使う執務室はどこよりも厳しく出入りが制限されている場所だ。

入って直《す》ぐに目にするのは左右に置かれている個人用の机。中央には長机が縦に並べて置かれ、その奥にはローテーブルとソファー。一番奥には大きな窓を背にお爺様が座っている執務机がある。

個人用の机の上には乱雑に書類が積み上げられ、右側の壁《かべ》一面に貼《は》られている地図には所々手書きで文字が書き込まれているし、左側に設置されている本棚《ほんだな》の中にはみっしりと専門書や区分けされた冊子が詰《つ》まっている。長机の上に置かれたチェス盤《ばん》に似た物は、それを戦場に見立て作戦を考えるときに使っているので模様も形も独特なので殊更《ことさら》目を引く。

この部屋の中にある物の価値は私には分からないが、外に出してはならない情報が山ほどあるということは分かる。

置かれている物に手が触《ふ》れないよう慎重《しんちょう》に歩き、ティーセットがある棚《たな》へと向かう。

お爺様は私が部屋に入ってきたことに気付き一度顔を上げたが、片手を軽く振《ふ》ったあと再び書類に顔を戻《もど》してしまった。

一瞬《いっしゅん》、勝手に入ったことを咎《とが》められるのではないかと思ったが、どうやらこれが正解だったらしい。時折ペン先で執務机を叩きながら紙に何かを書き込んでいるお爺様の邪魔《じゃま》をしないようお茶の準備をする。

元々年齢《ねんれい》を感じさせない人だけれど、それでも顔に刻まれた皺《しわ》や疲《つか》れて目元を押さえる姿は歳《とし》を取ったのだと思わせた。

「悪いな、溜《た》まっていた書類が予想以上に多かった」

「日を改めますか？」

「いや、もう終わった」

ペンを放《ほう》り投げ、立ち上がって首を回しながらソファーに座り、用意してあった紅茶に口をつけ「歳だな……」と呟《つぶや》いたお爺様に思わず笑ってしまった。

「ルジェ叔父様に言われたときは否定していませんでしたか？」

「その頃《ころ》は今より若かっただろう？」

目を細めニッと笑うお爺様に肩《かた》を竦《すく》めて見せ、本題を促《うなが》した。

「二週間後にバルドが来る」

「思っていたよりも早いですね。まだ本邸《ほんてい》で狩猟《しゆりよう》会が行われている時期では？」

社交シーズンは毎年三月に開かれる王妃《おうひ》様主催《さましゆさい》の春の宴《うたげ》から本格的に始まる。そこから一月《ひとつき》ほどは貴族のご婦人方が開くお茶会が行われ、五月には王家主催の観劇や舞踏《ぶとう》会、六月には王国音楽劇場での音楽祭がある。

社交シーズンが終わる八月には大規模な舞踏会が王城で開かれるが、その年に社交界デビューをする令嬢《れいじょう》たちのお披露目《ひろめ》と称《しょう》した、中流から下級貴族たちの婚約《こんやく》者探しの場になっている。

二日かけて行われる舞踏会を最後に社交シーズンは幕を閉じ、貴族は王都の別宅から領地にある本邸へと帰って行くのだが、そこで次は親しい者や仕事上の付き合いがある者たちを招き狩猟会や食事会でもてなすというささやかな社交が始まる。

「この時期も忙《いそが》しいといえばそうだろうが、愛娘《まなむすめ》が居ないのに狩猟会や食事会など意味がないだろうが。セレスティーアが家を出てからは社交などしていないと思うぞ」

「そうでしょうか……」

私が居なくても、お父様の側《そば》にはお義母様《かあさま》とミラベルが居る。

お父様は私ではない家族と、フロイド様はミラベルと、楽しく過ごしていたのではないだろうか。

想像すると胸が苦しくなり、本当にこれで良かったのかと不安になる。

「バルドから軍学校の入学許可を得るのだろう?」

お父様が来ると聞いて揺《ゆ》らいでいた心が見透《みす》かされた。表情には出していないつもりだったのに、お爺様《じいさま》には分かってしまうのだろうか。

「お爺様も、私が軍学校に入ることに反対されますか?」

軍学校へ提出する親の承諾《しょうだく》書の署名欄《らん》には、お父様ではなくお爺様の名前を書いてもらうつもりだった。入学するまでは内緒《ないしょ》にすると言ってあったのに、お爺様に「親に書かせるべきだ」と書類を突《つ》き返されてしまい仕方なく手紙と一緒《いっしょ》に送った。

書類は返送されることなく、ルジェ叔父様には未《いま》だに軍学校へ入ることを反対されている。

「別に反対はしていないだろう？」

正面から伸《の》ばされた手が私の頭にポンと置かれ、頭をくしゃくしゃと撫《な》でられた。

「署名してくれませんでした」

「俺はセレスティーアの親じゃないからな」

「お父様には入学してから話す予定でした」

「手紙でか？　どちらにしろ、一度は話し合わなければならないことだ」

「許可をもらえると？　反対されるに決まっています」

「反対されたら諦《あきら》めて元の生活に戻るのか？　まぁ、それも一つの選択肢《せんたくし》ではあるが」

「お爺様……」

「助言はしてやる。伸ばした手も取ってやる。だが、進む道は自分で決めろ。たった一度の人生を人に委《ゆだ》ね責任を押し付けるな。厳しく聞こえるかもしれないが、俺は孫の人生の責任を取ってやれるほど長くは生きられないからな！」

「いたっ!?」

ペシッと叩かれた額を摩《さす》りながら、笑っているお爺様に抗議《こうぎ》の目を向ける。

「家を出て軍学校へ入る理由を包み隠《かく》さず全《すべ》てバルドに話せ」

「全て、ですか……？」

「何を言っても無駄《むだ》だと諦めるのであれば、話をしてからでも遅《おそ》くはないだろう？」

「……その為《ため》に署名を拒否《きょひ》したのですね」

「バルドもセレスティーアも、互《たが》いに後悔《こうかい》しない道を選べるようにな」

母が亡《な》くなった悲しみが癒《いや》される間もなく義母《ぎぼ》と義妹《ぎまい》ができて、婚約者は私よりも義妹を優先する。忙しくされているお父様の負担にならないよう不満を呑《の》み込み我慢《がまん》してきたのに、たった一度だけ助けを求めた言葉は流され何も解決することはなかった。

お父様に落胆《らくたん》し、婚約者に失望しながら、何もかも失い破滅《はめつ》するのではないかと怯《おび》え続けた日々。

今更《いまさら》、何が変わると言うのか。

「後悔など、絶対にしません」

目を逸《そ》らすことなくそう告げれば、ふっと息を吐《は》き出したお爺様が物悲しげに微笑《ほほえ》みながら「俺は、後悔ばかりしている」と口にした。自由人と言われてきた人から後悔という言葉が出てきたことに驚《おどろ》き戸惑《とまど》い、何度か反芻《はんすう》したあとそろりとお爺様を窺《うかが》う。

「俺に後悔することなどあるのか……とでも言いたそうな顔だな」

後悔という言葉がこれほど似合わない人が他にいるだろうか？　いない、間違《まちが》いない。

「自由に楽しく過ごされていると思っていたので、意外でした」

「最後のは余計だ。俺がそう見えるとしたら、残りの人生くらいは好きに生きようと思っているからだろう」

お爺様は冷めた紅茶を一気に飲み干し、執務室に飾《かざ》られている国王陛下から贈《おく》られた賞状に目を向けた。

「俺がセレスティーアくらいの歳の頃、王位継承《けいしょう》争いが激化した。派閥《はばつ》争いに官僚《かんりょう》の汚《お》職《しょく》が蔓延《まんえん》し、民《たみ》は飢《う》え、国からの援助《えんじょ》を受けられなかった領主は自ら命を絶つ者も少なくはなかった。幸いうちは領地が広く豊かだったのでどうにか持ち堪《こた》えられはしたが」

歴史を習い知ってはいたが、実際に体験した人の言葉は重く心に響《ひび》くものだ。

「国が荒《あ》れると何が起こるか分かるか？」

「……戦争でしょうか？」

少し考えたあとそう口にすると、ソファーに身を預けたお爺様が正解だと頷《うなず》く。

「侵略《しんりゃく》戦争だ。軍事貴族はいち早くそれを察知し戦争の準備に取り掛《か》からなくてはならない。だが、自国が荒れている状態でまともなことができるわけがない。資金を集めることにすら苦労し、肝心《かんじん》の戦力は派閥争いに巻き込まれ満足のいく数も集められず、足並みも揃《そろ》わない。頼《たの》みの綱《つな》は国軍のみ。貴族のくせに情けない話だろう？」

「……」

「領地の民、家族、親友、国。それら全てを護《まも》れる力が欲しかった。軍学校へ入ることで土台を築き、軍人となって戦場で功績を挙げる。この頃《ころ》になると東と西の両国との戦争なんて日常茶飯事《さはんじ》だったからな、気付いたら大佐《たいさ》に昇進《しょうしん》していた」

「王位継承争いはどうなっていたのですか？」

「依然《いぜん》として続いていたぞ。国の中が分裂《ぶんれつ》している状態で戦争なんてできるわけがなく、このまま他国に蹂躙《じゅうりん》され地図から消えるか、王位継承争いを終わらせるか、その二択《たく》しか道がなかった」

「お爺様が今の国王陛下を支え、補佐《ほさ》をしていたと……」

「今では美談として語られてはいるが、俺と現国王派がしたことはただのクーデターだ。表立って動いていたのは俺だが、裏で指揮を執《と》っていたのはまだ成人前の現国王だぞ？　有無《うむ》を言わさず俺を元帥《げんすい》にした挙句、散々扱《こ》き使って見事に玉座に座りやがった。昔も今もだが、そういったことには恐《おそ》ろしく頭が切れる奴《やつ》だ」

どこかげんなりしながら語るお爺様に後悔の色は見えない。

選択肢など端《はな》から一つしかなかったのだと私にだって分かる。

「問題はここからだ。現国王派と派閥に属さず中立を保っていた保守派以外は全て粛清《しゅくせい》。取り上げた領地は国が預かるという形にして空だった国庫を埋《う》めた。貴族の結束を強める為に各家の未婚《みこん》の子息、子女には国が定めた政略結婚を課し、それによって当初の婚約を破棄《はき》して新たに別の者と婚約を結び直した者も多い」

「国が課すとは？」

「政略結婚には利益だったり経済的支援だったりと様々な理由があるが、総じて家の為にするものだ。だが、国が課した政略結婚は国の為。戦力の増強と資金繰《しきんぐ》り、敵国に近く戦場地帯となっている領地の支援。それらが円滑《えんかつ》に回るように綿密に練られて行われた」

「まさか、お爺様も国が課した婚姻《こんいん》だったのですか？」

「おい、俺が愛した女はあいつだけだ。俺は既《すで》に籍《せき》を入れていたから免《まぬか》れたが、その代わり妹たちが意に染まない相手と婚姻している」

「政略結婚とはそういうものでは？」

「そうは言ってもある程度の条件くらいは付けられるものだろう？　互いを知る十分な婚約期間もなく、信頼《しんらい》関係を育《はぐく》んできた婚約者ではなく、顔すら碌《ろく》に知らない者と一月《ひとつき》後に結婚しろと言われたら反発したくもなる」

「ですが、どうにもならないのですよね？」

「あぁ。妹たちには当主として俺が通達した。泣き喚《わめ》かれ懇願《こんがん》されても決定を変えることはない。あいつらには、諦めて呑《の》み込むまでの期間すら与《あた》えてやれなかった」

政略結婚だとしても婚約者と過ごす日々の中で愛が芽生えることもある。

安穏《あんのん》とした日常を過ごしていた頃の私なら、大叔母様《おおおばさま》たちの境遇《きょうぐう》を不憫《ふびん》だと感じ憤《いきどお》って
いたかもしれない。

今は幸せそうだが……と笑《え》みを浮《う》かべたお爺様《じいさま》に何も言えず、ただ静かに頷いた。

「国が安定したら残すは敵国を退けるだけだ。否応《いやおう》なしに戦場を飛び回っているのだから家に帰れるわけもなく、妻とは手紙の遣《や》り取りすら苦労した。領地の仕事に子育て、国王派筆頭としての社交活動。これら全てを妻が請《う》け負ってくれていた。長い年月、文句の一つも言わず、妻が病気だと幼い息子《むすこ》の拙《つたな》い字で書かれた手紙で知らされるまでな」

物心ついた頃からずっとお婆様《ばあさま》はベッドの上から離《はな》れられず、あまり長く一緒にいられなかった。具合が良い日はお爺様と庭園を歩き、幼い私に小さな木剣《ぼっけん》を持たせようとするお爺様を叱《しか》ったこともあるらしい。

目を離したら消えてしまうのではないかと思わせるくらい儚《はかな》げな人が、戦場にいたお爺様の代わりに領主を代行していたと聞き、驚きよりも納得《なっとく》のほうが勝った。

『愛する夫でも、物理的に躾《しつけ》が必要なときはあるのよ?』

うっそりと笑みを浮かべたお婆様はとても綺麗《きれい》なのに怖《こわ》かったのを覚えている。

「戦争を終わらせ領地に戻《もど》って来られたのはバルドが九つのときだ。俺の記憶《きおく》の中でのバルドはまだ赤ん坊《ぼう》だったからな……驚いたなんてものじゃなかった。痩《や》せ細った妻を守るように立つバルドに、何故《なぜ》もっと早く帰って来なかったと怒鳴《どな》られ胸が抉《えぐ》られたよ」

「不安だったのでしょうね。私も、段々と痩せ細っていくお母様の側《そば》を離れられませんでしたから」

お婆様とお母様の二人を看取《みと》ったお父様はどれほど悲しかったことだろう。

「護りたいものがあったから手にした力だったが、その分犠牲《ぎせい》になるものも多かった。セレスティーア、後悔とはあとからするものだ」

「……」

「方々から何を言われたところでそれは今のセレスティーアの心に響かないだろう。お前は既に軍学校へ入る覚悟《かくご》を決めているし、バルドのことを見限ってしまっているからな。だが、バルドにも言い分があるかもしれない。もしそれを聞いて納得がいかないのであれば、改めて見限れば良いだけだ。何せ、敵前逃亡《とうぼう》ではなく戦略的撤退《てったい》でなければならないのだからな」

此処《ここ》へ来た当初に私が口にした言葉を覚えていたのか、意地の悪い笑みを浮かべるお爺様をひと睨《にら》みしてガクッと項垂《うなだ》れた。

婚約者とお父様から逃《に》げることとしか考えていなかった私がお爺様に敵《かな》うわけがない。

「お父様と話してみます」

気は重いが……。

お父様だけでなく、そのうち婚約者とも話すよう言われるのだろうか？

「セレスティーア」

「はい……っ、え？」

ノロノロと立ち上がった私に向かって投げられた物を咄嗟《とっさ》に掴《つか》み、手の中にあるどう見ても財布《さいふ》と思わしき物を見つめた。

「これは……？」

革《かわ》で作られた長財布。ずっしりと重いこれをどうしろと？

困惑《こんわく》しながら財布とお爺様を交互《こうご》に見ていたら、テーブルの上に小さな紙が置かれた。

「それに書かれている所で買い物をしてこい」

「買い物ですか？」

「あぁ。ついでにルドウィークとレナートも連れて行け。護衛としてアルトリードがついて来るからな」

お爺様にとって王族はついでで、王都で有名な騎士《きし》もまたそのおまけなのだ。

深く考えないほうが良いと、財布を手にルドたちが居る場所へと向かった。


人が住みにくい極寒の地。周囲の森林を開拓《かいたく》し居住地域を広げ、ランシーン砦《とりで》を中心に造られた街トーラス。高くそびえる市壁《しへき》は外壁と内壁の二重構造で街を囲み突然《とつぜん》の襲撃《しゅうげき》に備えているが、スレイラン国がある西側は他《ほか》と比べ市壁に工夫《くふう》が施《ほどこ》され念入りに防御《ぼうぎょ》体制が敷《し》かれている。

門を抜《ぬ》けると四方に置かれている高い監視《かんし》塔《とう》、次いで街の奥に建つランシーン砦が目に入る。砦が見える通りの大半は武器や防具が置かれている店や鍛冶《かじ》屋《や》が並び、街の中央にある広場の左右には飲食店、雑貨、服、装飾《そうしょく》品等が売られている店が。路地先の民家がある区画には畑や畜舎《ちくしゃ》、水車で稼働《かどう》している製粉場もある。

砦で働く者やその家族、現役《げんえき》を引退した軍人たちが住んでいる為《ため》、辺境の地でありながら発展し続けているトーラスは恐ろしく治安が良く、国の大事な要《かなめ》として税が免除《めんじょ》されている。

自給自足に加え生《お》い茂《しげ》る豊かな森の恩恵《おんけい》もあり、物流が遮断《しゃだん》されたとしてもそう簡単に砦が落ちることはない。

街の中だけを見るととても暮らしやすい場所ではあるが、此処は最も敵地に近い最前線。

成人前の子どもがうかつに街の外へ出ないよう、幼い頃から寝物語《ねものがたり》として「夜の帳《とばり》が下りると、残虐《ざんぎゃく》な猛禽《もうきん》が西からやってくる」と聞かされ、日常的に起こる戦闘《せんとう》の惨《むご》さを目にして育つ子どもたちは皆《みな》早熟だ。

私やルドと歳《とし》が同じか、それよりも下の子どもが露店《ろてん》で商品を並べ店の前を掃除《そうじ》している姿に感心しながら、忙《せわ》しなく顔を動かし興奮するレナートがあまりにも可愛《かわい》らしくて頬《ほお》が緩《ゆる》む。王都から一度も出たことがなかったと言うレナートからすれば、ランシーン砦での生活や街での買い物なんて大冒険《だいぼうけん》だろう。

「先程《さきほど》の店に置いてあった剣は軽かったが、あれは鉄だろうか？」

「強度を保ちながら軽量化するのは難しいのですが、此処はそれを可能としているようですね」

「なるほど、この街だけの技術だとしたらあの価格でも納得がいく」

「ひとつ買っておきましょうか？」

「頼《たの》む」

忙しなく顔を動かし目を輝《かがや》かせている弟とは違《ちが》い、兄の方はアルトリードさんと始終武器の素材や価格の話をしている。

砦にはもう何度も来ているもののトーラスを歩くのは初めてのことだと言っていたルドだが、王太子として王都や他の街を視察したこともあってか落ち着いている。

「それにしても、護衛が一人なんて」

王太子殿下《でんか》と第二王子殿下だぞ⁉　と続く言葉は口に出せなかったが、察したルドから一人ではないと返ってきた。

「砦内での護衛はアルトリードだけだが、トーラスには此処へ来る道中護衛をしていた者たちが待機している。私が街に出るという報《しら》せを受けているだろうから、民《たみ》に交ざり至る所に居る筈《はず》だ。それに、他でもないトーラスだぞ？　此処で王族を襲撃する愚《おろ》かな者はいないだろう」

「それはそうですが、私の胃に穴が開きそうです」

「そう緊張《きんちょう》されなくても、直《す》ぐ近くに護衛が待機していますよ」

その護衛が居る場所も、どのくらいの人数かも分からないのだから緊張もする。

キリキリ痛む腹を押さえながら、緊張感《きんちょうかん》のないルドとアルトリードさんでは駄目《だめ》だと、レナートと繋《つな》いでいる手に力を入れた。

「……此処か」

紙に描《か》かれていた手書きの地図では何の店か分からなかったが、目的地は中央広場にある服飾店《ふくしょくてん》だったらしい。

「だから日用品と剣だけでは足りないと言っただろう」

「……はい」

周囲の店よりひときわ大きい建物の前に立ち、ガラス越《ご》しに展示されている物に視線を送ったルドに指摘《してき》され項垂れた。だってお爺様が……と不満を述べる私を尻目《しりめ》に三人はさっさと店内に足を向ける。

レナートに手を引かれながら店の中へ足を踏《ふ》み入れた私は、店内に飾《かざ》られている軍の隊服や腕章《わんしょう》、肩《かた》や胸元《むなもと》を彩《いろど》る装飾品を目にして、大興奮した。

お爺様やルジェ叔父様《おじさま》が普段《ふだん》着用している隊服は勿論《もちろん》、ロナさんが着こなしている黒い上着に純白のスラックスまである。

それ以外にも上下真っ白で縁取《ふちど》りが黒い物、淡《あわ》い水色の物、端《はし》にある軍帽《ぐんぼう》は式典などで使う物なのか、とても素晴《すば》らしく格好良い。

あっちへふらふら、こっちへふらふらと、隊服に吸い寄せられるように移動し、店の外に見えるよう展示されていた隊服まで辿《たど》り着いた。

何の変哲《へんてつ》もない至ってシンプルな隊服は、肩から前部にかけて吊《つ》るされている飾緒《しょくしょ》と呼ばれる飾り紐《ひも》に金糸が使われ、胸元が隠《かく》れるほど銀のバッジが付けられている。足元に置かれている軍帽と、持ち手に装飾が施されている細身の剣《けん》がこの隊服を更《さら》に彩り目が離《はな》せない。

どの階級までいけばこれが着られるのだろうか……。

大佐《たいさ》……いや、元帥《げんすい》だろうか……？

「セレス？」

「ひゃい!?」

隊服へと伸《の》ばしていた指先を丸め慌《あわ》てて振《ふ》り返ると、呆《あき》れた顔をしたルドとおかしそうに笑う年配の女性が立って居た。

「すみません、つい夢中になってしまって」

「ふふ、いいのよ。軍学校の子かしら？　何か足りない物でも買いに来たの？」

「軍学校にはまだ入っていないのですが、お爺様《じいさま》に此処へ行くよう言われて来ました」

紙には地図の他に何も書かれていない。

買い物をして来いとは言われたが、買う物が分からないのだ。

「お爺様……もしかして、フィルデ・ロティシュ元帥様のことかしら？」

「はい！　お知り合いでしょうか？」

「あの方が初めて着た隊服を作ったのは私だもの。どうせ此処へ行けとしか言われていないのでしょう？」

「はい」

「まぁ、相変わらずね。貴方《あなた》はお孫さんかしら？　あの方に良く似ているわ」

「孫のセレスティーア・ロティシュと申します」

軽く頭を下げ挨拶《あいさつ》をしたのだが、何故《なぜ》か私とルドを見比べた女性は口元を手で押さえ驚《おどろ》いた顔をしている。

「女の子だったのね……いやだ私ったら、てっきり！」

白いシャツと細身のズボン。長い髪《かみ》を一つに縛《しば》ってはいるが性別を間違われるほどではないと……。

「背丈《せたけ》か」

「背丈だろうな」

ルドと顔を見合わせ頷《うなず》き合い、ここ二年ほどで急激に伸びた背丈を嘆《なげ》く。

「ごめんなさいね、あまりにも綺麗《きれい》な顔だからどちらか分からなくて」

「いえ」

「元帥様からお孫さんの採寸の注文が入っていたのよ。そうよね、女の子なら入学前に予《あらかじ》め制服の採寸をしておかなきゃいけないから。さぁ、こちらへいらっしゃい」

「あ、はい」

「他の子はもう採寸を終えているのよ。あとは、貴方ともう一人くらいかしら？　ほら、ここで服を脱《ぬ》いでちょうだい」

女性に促《うなが》されながら店内の奥へと向かい、布で仕切られ姿見が置かれた場所でシャツを脱いだ。

姿見に映る自身の身体《からだ》は砦《とりで》へ来る前とは別物で、細かった手足や薄《うす》かったお腹《なか》には筋肉がつき、胸は……そこそこあるほうだと思っている。

採寸中に筋肉を触《さわ》られ「元帥様のお孫さんは違うわねぇ」と褒《ほ》められたが、流石《さすが》にあれを目指す気はない。

「手足が長いから裾上《すそあ》げはしなくてもいいわね」

「少し長いような気もしますが」

「まだ成長期でしょう？　あれくらいならすぐ足りなくなるわよ」

「成長期……」

まだ成長するのかと未来の自分を想像して身震《みぶる》いしながら店内に戻《もど》り、カウンターに立って居るアルトリードさんの横にさり気なく並び、そっと見上げた。

これ以上背丈が伸びたらアルトリードさんを抜《ぬ》くのでは……。

「どうかなさいましたか？」

「アルトリードさんは、背が高いほうですか？」

「そうですね、騎士《きし》の中では高いほうかと」

「そうですよね……」

背が高いのも筋肉がつきやすいのも仕方がないことだ。砦に居る軍人の中には私よりもっと縦にも横にも大きな人たちが居るのだからせめて細身なことに感謝しよう。

背が低いよりは高いほうが何かと便利かもしれないと、そう自分に言い聞かせながらカウンターに置かれている注文書に必要事項《じこう》を書き込んでいく。制服だけではなく、シャツに手袋《てぶくろ》に鞄《かばん》まで揃《そろ》えるのかと項目《こうもく》を読み進め、認識票《にんしき》と書かれた項目のところで手を止めた。

「この認識票とは、何ですか？」

「軍人は皆首《みな》からぶら下げているのだけど、どこかに……あった、ここに名前と誕生日、貴族の場合は紋章《もんしょう》も入れるの。戦場で亡《な》くなったら家族の手元に遺品として帰って来るのよ。あとは、捕虜《ほりょ》の身元特定にも使ったりするそうだけど」

「学生にも必要なのですか？」

「軍人見習いだからといって安全なわけじゃないのよ。実戦や演習訓練で街の外にでるのだから、運悪く敵軍に捕《つか》まることもあるわ」

捕虜は名誉《めいよ》を以《もっ》て扱《あつか》われ拷問《ごうもん》や処刑《しょけい》をされることはないが、解放を望むには莫大《ばくだい》な金銭が必要となる。元帥や騎士団長といった国に必要な存在であれば国が肩代わりをするのだろうが、平民や下級貴族は払《はら》えず自国へ戻ることはない。

名前の横に紋章を描き、他《ほか》に書き忘れがないが確認したあと注文書を渡《わた》した。

「何日くらいかかりますか？」

「早くても一月《ひとつき》くらいかしら。急ぎならもっと早く仕上げるわよ？」

「いえ、急ぎでは……砦を出るときに許可と付き添《そ》いが必要なので」

「砦から発注を受けている分と一緒《いっしょ》に届けてあげたいのだけれど、できあがったあとにもう一度試着が必要なのよ」

休日に街に繰《く》り出すダンたちに付き添ってもらえば良いかと頷き、注文書へと顔を戻した。

「替《か》えのシャツはこの枚数で足りますか？」

「そうね……全体的にあと二、三枚は追加しておいたほうがいいわ」

「荷物が多くなりそうだな」

「何を言っているの。こんなの少ないほうよ？　とくに貴方は女の子なのだから色々と足りないくらいよ。ほら、これはあと二枚。こっちは三枚必要よ」

言われるがまま数を書き足し最後に口頭で確認をして無事に注文を終えると、のしっと肩に腕《うで》が回された。

「必要な買い物はこれで終わりだろうか？」

「そうですね」

「では、ここからは自由時間だな！」

声を弾《はず》ませるルドは見たことがないほどはしゃいでいて、足取り軽くさっさと店を出て行ってしまうので慌てて後を追い掛《か》けた。


「兄上、あれは何でしょうか？」

「干し肉と、毛皮だろうか？」

「あそこには食べ物が置かれています」

「向こう側にも珍《めずら》しい物が置いてあった」

夕方前の混《こ》み合う時間帯なので人が多く、時折通行人とぶつかりながら歩くルドとレナート。話しながら左右へ分かれそうになる二人の腕を私とアルトリードさんが摑《つか》み、迷子にならないよう見張っている。

「そこの坊《ぼっ》ちゃんたち！　焼きたての肉を食うか？」

屋台が並ぶ通りを歩きながら興奮した様子を見せるルドとレナートの姿に、頬《ほお》を緩《ゆる》めた店主が声を掛け串《くし》に刺《さ》さった肉を差し出した。

「……っ、これは？」

「持って行け！」

「あ、兄上」

「そっちのちびっこいのもだ！」

独特な味付けが施《ほどこ》された肉の塊《かたまり》を前に困惑《こんわく》して固まった二人に、店主はニカッと笑って「熱いほうが美味《おい》しいぞ！」と串を持たせる。

肉と店主を交互《こうご》に見たあとルドが慌《あわ》てて財布《さいふ》を取りだしお金を払おうとするが、店主は受け取らず初めての買い物は失敗に終わってしまった。

「良かったのだろうか……？」

「厚意《こうい》ですから構わないかと。何故か、私もいただいてしまいましたし」

「これはどうやって食べるものなの？」

屋台から少し離《はな》れた場所に移動し、お金を払わず貰《もら》ってしまった串肉に罪悪感を抱《いだ》くルドとは対照的に、レナートは肉に釘付《くぎづ》けだ。食べ方が分からないと言うので串を持つレナートの腕を摑んで引き寄せ、軽く顔を傾《かたむ》けて肉を齧《かじ》る。

「ん、美味しいですよ……レナート？」

「……ふぇっ⁉」

肩《かた》をビクッと震《ふる》わせたレナートの腕を放すと、ふらっとよろけながらルドの背中へ隠《かく》れてしまった。

「どうしたんだ？」

ルドの問い掛けにふるふると顔を左右に振《ふ》るレナート。

何があったのかとルドに目で問い掛けられたのでジッと目を見つめたまま同じように実践してみせたのだが、「二度としないように」と呆《あき》れた顔をしたルドに怒《おこ》られてしまった。

訳が分からずアルトリードさんを窺《うかが》うも、彼は私たちから顔を背《そむ》け肩を震わせ笑っていたので役に立たなかった。

「この串肉というのは美味しいものだな」

「凄《すご》く美味しいです！」

砦に来るまではこれよりももっと美味しい物を食べていたはずなのに、何故《なぜ》か外で立ったまま食べる串肉がなによりも美味しく感じるのだから不思議なものだ。

まだ他にも何かないかと次々と屋台を覗《のぞ》き、その度《たび》に何かしら貰うので財布が活躍《かつやく》する機会が訪《おとず》れない。もうすぐ日が暮れるし、どうしようか……と周囲を見回したとき、小さな可愛《かわい》らしい屋台が目に入った。

「セレス？」

布で作った花を模した髪飾《かみかざ》りが置かれ、色も形も様々な種類がある。

「あのお店が気になるの？」

「え、いや、見ていただけ……っ、レナート!?」

走り出したレナートに繋《つな》いでいた手を引かれ、違《ちが》う屋台を見ているルドとアルトリードさんを置いて髪飾りの屋台へと連れて行かれる。その屋台の店主は若い女性で、近付いて来た私たちに気付くと「ゆっくり見て行ってね」と優《やさ》しく微笑《ほほえ》む。

「レナート……」

「可愛いね。セレスはどれが好き？」

台に並んでいる髪飾りは素朴《そぼく》で可愛らしい物ばかり。最近はもうつけることもなくなった懐《なつ》かしい装飾《そうしよく》品を眺《なが》めていると勝手に口元が緩み、無意識にレースの部分を指先でそっと撫《な》でていた。

「それが欲しいの？」

「見ているだけですよ」

「似合うのに」

「だとしても、このように可愛らしい物を身に着けて行く場所が」

手に取っていた髪飾りをそっと台の上に戻《もど》しながら苦笑《くしょう》し、今の私には不必要な物なのだと口にする前に、レナートは私が置いた髪飾りを持ち店主へと差し出してしまった。

「これ、ください」

「あら、もしかしてプレゼントかしら？」

「はい」

「それならこのままのほうが良いかしらね」

手慣れたように財布からコインを取り出して支《し》払《はら》いを済ませる姿を啞《あ》然《ぜん》と眺めていれば、買ったばかりの髪飾りを手にしたレナートが、「しゃがんで」と笑う。

「……ん、ほら、やっぱり似合う」

私の髪《かみ》に付けた髪飾りを満足げに眺めるレナートに心が和《なご》み、胸が温かくなる。

「ありがとうございます。初めて貰った、プレゼントです」

「初めて？」

「えぇ」

義務でも強制でもなく、厚意からのプレゼント。それがこんなに嬉《うれ》しいものなのかと、髪飾りにそっと触《ふ》れていると……。

「はい」

目の前に花束が現れた。

「……え」

「レナートに初めてを先に取られてしまったか」

「あの、これは……？」

どの角度から見ても花束であるそれを見て数度瞬《まばた》きしたあと、これを私へ差し出している人物へと顔を向けた。

「本当に欲しかった物とは違うのだろうが、私はどうしてもこれをセレスに贈《おく》りたかったんだ。今日は私たちが初めて街で買い物をした記念日だろう？」

ルドが口にした本当に欲しかった物とは、あの日、心と共にくしゃくしゃになった婚約《こんやく》者からの花束のことだろうか……。

「あ、りがとう、ございます」

白や桃色《ももいろ》の小花で作られた花束を胸に抱き、みっともなく掠《かす》れた声でお礼を口にした。

髪飾りも花束も、私のために選んでくれたプレゼント。

「砦《とりで》に戻りながら屋台で買い物の続きをするか」

「兄上、串肉がもう一度食べたいです」

「お二人共、夕食前ですよ？　あちらの果物にしておいたほうがよろしいでしょう」

「だが、育ち盛りだから肉は食べるべきだと思うのだが？」

「セレスも食べるよね？」

「全く……お二人を止めてください」

足を止め俯《うつむ》く私に背を向け普段《ふだん》通りに振る舞《ま》う三人の気持ちが嬉しくて、涙《なみだ》がにじんだ目を指先で拭《ぬぐ》い、顔を上げた。

「串肉は私が買いますよ」

わっと声を上げて喜ぶルドとレナートと、肩を竦《すく》めて見せるアルトリードさんに微笑み、財布《さいふ》を持って串肉の屋台へ戻った。


「そろそろこの食事ともお別れだな……」

分厚い肉にフォークを刺《さ》しながら呟《つぶや》いたダンを一瞥《いちべつ》し、隣《となり》で頷《うなず》いているサーシャの皿に自分の皿から肉を分け与《あた》える。

「ゴロゴロしたお肉も野菜も果物も見納めなんて、冬が憎《にく》い！　それを思い出させたダンなんて雪に埋《う》もれてしまえばいいのよ」

「不吉《ふきつ》なこと言うなよ！　もうすぐ遠征《えんせい》だぞ!?　セレス、俺にも一切れちょうだい？」

「断る」

肉を強奪《ごうだつ》しようと伸《の》ばされたダンの手を払《はら》いのけ、代わりに黙々《もくもく》と食べ進めているトムを指差しておく。奪《うば》うならそこが確実だ。

「うわ、ちょっと、それ最後の一切れ……！」

「んんっ、ん、んんん」

「口から出せよ！」

「口から出されても食べられないじゃない」

「そうだけど、腹が立つだろ！」

楽しそうにじゃれる三人を眺めながらパンをスープに浸《ひた》し齧《かじ》る。

ぼそぼそとした固いパン、生野菜、塩と胡椒《こしょう》というシンプルな味付けのされた肉の塊《かたまり》は砦で見慣れた夕食である。

肉料理がメインという点では伯爵《はくしゃく》家でも砦でも変わらないが、何種類ものソースが用意されている貴族のものと、塩と胡椒だけの砦のものを肉料理と一括《ひとくく》りにしてはいけない。

生野菜は苦く、パンは柔《やわ》らかくほのかに甘いものだと思っていたが、砦で出てくるパンは固くて食べにくいのでスープに浸して柔らかくするか、水で流し込まなくてはいつまでも口の中に残り続ける。

食事も訓練のうちだと思い必死になって食べていたからか、慣れるのにそう時間はかからなかった。これが平民の一般的《いっぱん》な食事だと知ったときは愕然《がくぜん》としたものだ。

「冬ごもりの準備って明日だよな？」

「訓練がないのは嬉しいし、豚《ぶた》をさばくのもいいのよ。でも加工するときのあの臭《にお》いが駄《だ》目《め》なのよね」

「ソーセージ美味《うま》いじゃん！」

「ダンは一生ソーセージだけを食べていればいいんだよ。いや、俺がソーセージしか食べさせないから」

「へ……？」

「トムはやるって言ったらやるわよ？」

食べ物の恨《うら》みは怖《こわ》いと、ダンはいい加減学べば良いのに。

「セレスは豚をさばく班よね？」

「さばいたあとはパンチェッタの班に加わる」

「あれはあれで美味いよな」

本格的に冬がくる前に豚をさばき塩漬《しおづ》け肉やソーセージなどの保存食を作らなくてはならない。新鮮《しんせん》な野菜も手に入らなくなるので、今ある野菜は苦味とお酢《す》の酸味が強いピクルスといったものに加工しておく必要がある。

この時季は軍人も街の住民も皆《みな》が一丸となって冬ごもりの準備に取り掛《か》かる。

極寒《ごっかん》の地で冬の厳しさを体験し、貴族では当たり前だったことがそうではないのだと知り、裕福《ゆうふく》な生活の有り難《がた》みを感じると、そうお爺様《じいさま》の前で口にしたら大笑いされ「成長したな」と頭を撫でられた。

「……で、何故《なぜ》レナートが食堂にいるのですか？」

私の左隣《ひだりどなり》に座り無言で夕食を口に詰《つ》め込んでいるレナート。

若干《じゃっかん》涙目なのは量が多い所為《せい》か、それとも噛《か》んでもなくならない肉の所為か。

「元帥《げんすい》から許可が出たんだよな？　ほら、野菜も食べろ」

「……ん」

「街から戻《もど》ってきたあと元帥と二人で何か話していたみたいだけど。ふかし芋《いも》食べる？」

「……ん？」

「果物もあげるね。はい、セレス」

「これ、サーシャからです」

「……んんっ!?」

サーシャに押し付けられた果物をレナートのトレイの上に置くと、とうとう動かしていた手を止めてしまった。

「レナート？」

いた……。

涙目のレナートに見上げられ、無意識にトムによって増やされたふかし芋を引き取って

「あ、セレスが負けた」

「……うっ」

「……」

翌日、訓練のとき以上に気合を入れた軍人たちが建物の外に集まり豚加工に勤《いそ》しんでいれば、その中に昨夜と同じくレナートが交ざり動き回っている姿を見つけ自身の目を疑った。

もしや……！　と周囲を見回すと、ルドとアルトリードさんは一階の窓から外を眺《なが》めていた。手に持っていた鍋《なべ》を預け、ルドたちの方へ向かい窓枠《まどわく》をノックする。

「見学ですか？」

「あぁ。凄《すご》いな、豚の解体なんて初めて見る」

「毎年来ているのに、初めてなのですか？」

「砦に人の出入りがあるときは客室から出ないよう言われていたからな」

「では、あれとこれはどういうことでしょうか？」

あれがレナートなら、これはルドとアルトリードさんだ。それぞれを指差し、説明するよう首を傾《かたむ》け促《うなが》す。

「レナートは直接作業に加わる許可を元帥から得ているらしい。私の場合は建物から出ないこと、アルトリードから離《はな》れないことを条件に見学を許してもらった」

「ルド様は、弟だけずるいと駄々《だだ》をこねていましたからね」

「アルトリード!?」

普段は冷静で何事にもあまり動じないのに、こうして頰《ほお》を膨《ふく》らませてアルトリードさんを睨《にら》む姿はレナートとそっくりで思わず笑ってしまう。

「セレス……」

「ところで、昨夜からレナートをよく見かけるのですが」

「そうだな」

何とも言えない微妙《びみょう》な顔で肩《かた》を竦《すく》めたルドは説明する気はないのだろう。だったら訊《き》くだけ無駄《むだ》だし、私には関係のないことだからと別の話題に変える。

「王都へはいつ？」

実はこれが一番知りたいことだった。

「三日後だ。雪が降る前に此処《ここ》を出なくては色々と間に合わないからな」

「そうですか」

「砦《とりで》に来るのは今年で最後になる。次はいつ会えるか……」

「お忙《いそが》しくなりますからね」

「私は忙しくても公式行事や催《もよお》しには出るぞ？　会えないのは持病があるからと嘘《うそ》を吐《つ》き欠席する者がいるからだ」

「デビュタントのときにお会いできるかと」

そんなゴミを見るような目を向けないでほしい。此処から王都までそう気軽に往復できるような距離《きょり》ではないのだから仕方がないと思う。

「良いか？　せめて音楽祭くらいは参加しろ」

「検討します」

「分かった。ルジェ大佐《たいさ》に」

「できる限り参加させていただきます」

諦《あきら》め悪く足掻《あが》くも、ルジェ叔父様《おじさま》を出されては降参するしかない。

「ドレスが似合っていなくても笑わないでくださいね」

「どんなドレスでも似合うよ」

「……っ」

冗談《じょうだん》で口にしたというのに、真面目《まじめ》な顔でそんな風に言われては困ってしまう。

「それに、私のほうが笑われてしまうかもしれないぞ？　王太子としての正装はかなり派手やかだからな」

「王族なのですからその他《ほか》と同じわけにはいきません。たとえ二度見されるようなことがあろうと、それが王族です」

「私だけではなく、アルトリードの正装も凄いから期待しておくと良い」

「二度見ではなく、三度見されるよう頑張《がんば》ります」

主《あるじ》と護衛騎士《きし》というより、まるで兄弟か親友のようだと口にして笑っていると、首を傾《かし》げたルドが私をジッと見つめ「あぁ……」と口にした。

「アルトリードは兄のようなものだからな。だが、セレスだって私の親友ではないか……何故、そんな驚《おどろ》いた顔をする？」

「あ……っと、その」

驚いたなんてものではなく、衝撃《しょうげき》的な言葉だった。

学園には通わず、婚約《こんやく》者とは少し距離を置き、王族とは関《かか》わらないと、そう決めてランシーン砦に逃《に》げてきたのだ。

けれど、実際には此処でルドやレナートと出会い様々な体験を一緒《いっしょ》にしてきた。

「嫌《きら》われてはいないと思っていましたが、まさか……親友だとは」

「嫌《いや》なのか？」

「いえ、ですが、親友……親友なのか、な？」

ふよふよと口元が緩《ゆる》み、頬も熱い。

「嬉《うれ》しいです」

「凄いな……爪《つめ》を出して威嚇《いかく》していた猫《ねこ》が懐《なつ》いた気分だ」

「また怒《おこ》らせてしまいますよ？」

此処へ来たのは無駄ではなかった……。

冷めない頬を隠《かく》すようにルドに背を向け、手で顔を扇《あお》ぎながら豚《ぶた》を加工している輪の中に戻った。


気温が低くなり空気も乾燥《かんそう》し、もう暫《しばら》くすれば本格的に雪が降る。

「では、また会おう」

「はい。お元気で」

王都へ戻るルドとレナートを見送る為《ため》、今日だけはと早朝訓練を休んだ。

握《にぎ》った拳《こぶし》を軽くぶつけ合う別れの挨拶《あいさつ》は此処で教えてもらったものだ。

これが最後だと思うと感傷的にもなるが、本来であれば気軽に接することなどできない人だからと自身を慰《なぐさ》める。

「レナートも、お元気で」

羨《うらや》ましそうに見ていたので拳を差し出すと、花が咲《さ》いたかのように満面の笑《え》みを浮《う》かべたレナートが恐《おそ》る恐る拳を当ててきた。

「僕はまた来年此処へ来るから」

「来年ですか？　ルドも私も居ませんが」

「それでも……あ、もう行かないと」

天気が悪くなる前にと護衛に促され、ルドは軽く手を上げたあと馬車に乗り込み、レナートは「もう一度！」と慌《あわ》てて拳を差し出してくる。一度で良いのに何度も拳をぶつけるレナートが可愛《かわい》らしくて思わず笑ってしまう。

「セレス」

扉《とびら》が閉まる直前に発された言葉に耳を澄《す》ます。

「僕、軍学校に入ることにしたから」

……ん？

「軍学校……？」

門から出て行く馬車を見送り、首を傾げた。

——ガチャン！

「狩猟会《しゅりょう》も食事会もなし……？」

手から滑《すべ》り落ちたカップが派手な音を立てテーブルから地面に転がっていく。その際にカップの中身がドレスの裾《すそ》を濡《ぬ》らし、ミラベルは小さく舌打ちをした。

昨日できあがったばかりの花柄《はながら》の繊細《せんさい》な刺繍《ししゅう》が施《ほどこ》されているピンクのドレスは、領地の本邸《ほんてい》で行われるお茶会や狩猟会でお披露目《ひろめ》する予定だった。

沢山《たくさん》の花が咲き乱れる庭園で楽しくお茶をしていたのに、あとから遣《や》って来た母の言葉にテンションが下がっていく。

「どうして？　他のはまだしも領地での狩猟会や食事会くらいは……」

「旦那様《だんなさま》が決定したことなのだから仕方がないわ」

「そんな、楽しみにしていたのに」

「そうよねぇ……私も欲しかったドレスや宝石があったのに、残念だわ」

セレスティーアが消えて二年。悪役令嬢《れいじょう》が消息不明という異例な事態に混乱もしたが、最初の一年目はそれはそれでラッキーぐらいに思っていた。

社交シーズンの最中に忽然《こつぜん》と姿を消したセレスティーアは体調を崩《くず》して領地へ戻《もど》ったことになり、まだ残っていたお茶会や観劇に音楽祭といった社交のメインである催しには母と私が出席し存在を周知することに成功した。

婚約者のエスコートがなくなったフロイドとは社交の場で顔を合わせる程度になってしまったが、必ず月に一度は王都にある別宅へやって来たし、領地の本邸にも何度か訪ねて来たので着々と攻略《こうりゃく》を進めることができた……筈《はず》なのに。

セレスティーアに拒絶《きょぜつ》された日からフロイドは笑顔を見せず俯《うつむ》くばかり。

婚約者のもとを訪ねるという名目で私に会いに来たのかと思えば、会えないセレスティーアを頻《しき》りに気にする。お義姉様《ねえさま》の側《そば》に居られなくて寂《さび》しい、心配だと涙《なみだ》を見せても良い反応は得られず、日毎《ひごと》に口数が少なくなり暗く鬱々《うつうつ》としたフロイドに苛立《いらだ》ちが募《つの》っていった。

でも、元々フロイドなんて眼中にない。

私が狙《ねら》っているのは王太子であるルドウィークだから。

本格的に攻略が始まるのは学園に入ってからだけど、その前に王妃様主催《おうひさましゅさい》のお茶会と音楽祭で偶然《ぐうぜん》出会うイベントがある。

お茶会は一人隅《すみ》に佇《たたず》むヒロインを見つけ目が離《はな》せなくなるというジャブ的なもの。メインは音楽祭の方で、会場から抜《ぬ》け出し湖へ向かった王太子は湖に反射した光で輝《かがや》くヒロインに見惚《みと》れ立ち尽《つ》くし、振《ふ》り返ったヒロインと視線が絡《から》み息を呑《の》むといったもの。

それが、ルドウィークの初めての恋《こい》。

胸が高鳴り、声を掛《か》けることすらできないまま去って行くヒロインを目で追い続けた。

時折その日のことを思い出し、社交の場でヒロインの姿を探してしまう。

その想《おも》いが何か分からないまま月日は過ぎ、学園でヒロインを見つけたときに初めて恋をしていることに気付くという設定だ。

王太子という立場上、セレスティーアから虐《いじ》められているヒロインを助けることもできず、苦い思いをしながら遠目に見つめる日々。

次第《しだい》にルドウィークの笑顔が曇《くも》り、そんな兄の異変に気付いた第二王子のレナートがヒロインを気に掛けるようになる。

王族二人を攻略するにあたって、一番大事なイベント。

それなのに、ロティシュ伯爵《はくしゃく》はセレスティーアが不在だからという理由で今年の社交は全《すべ》て断ってしまった。社交がないから王都にも行けず、お茶会や音楽祭でしか起こらないルドウィークのイベントが潰《つぶ》れる……。

着々と好感度を上げていたフロイドとは領地が離れているので中々会えず微妙《びみょう》な関係のまま。これではマズイと思い、母が招待された小規模なお茶会で愛らしい子どもを演じ、夫人たちの心を摑《つか》むことに専念した。

フィルデ・ロティシュの名に惹《ひ》かれ少しでも甘い蜜《みつ》を吸おうと群がる貴族たち。

この中にはいずれ王太子や第二王子の側近に選ばれるであろう、王子たちと同年代の息子《むすこ》を持つ親が沢山いるから。

王太子とのイベントが潰れたときに彼との間を取り持ってくれる人脈が必要となる。だから母親を使ってその子息と交流を持ち、地道に側近候補となりそうな子息を落としていった。

――凄《すご》く大変だったのに……。

「今年だけ？　来年は？　お義姉様が学園に通うようになったら社交を行うの？」

「どうなのかしら？　でも、今年だけだと思うわよ。旦那様と執事《しつじ》がセレスティーアに会いに行くと話をしているのを聞いたから」

「嘘《うそ》!?　お義姉様の居場所が分かったの？」

「さぁ……立ち聞きしただけだから、そこまでは知らないわ。執事が睨《にら》むから直《す》ぐにその場を離れたのよ」

どうして最後まで聞かなかったのかと憤《いきどお》りながら、呑気《のんき》な母を置いて駆《か》け出した。

すれ違《ちが》う侍女《じじょ》たちから何度か注意を受けるが「ごめんなさい。お義父様《とうさま》に会いたくて」と口にすると、簡単に伯爵の居場所を教えてくれる。

向かうは当主の書斎《しょさい》。

執事の妨害《ぼうがい》があろうが今日こそは突破《とっぱ》してやると意気込み、階段を駆け上がった。

書斎に繋《つな》がる扉の前で止まり、息を整えながら扉を叩《たた》き身構えた。いつもならここで執事が出て来て追い返されてしまうから。

「……っ、はー、はー」

──キィィ。

小さな音を立てて開かれた扉の隙間《すきま》に素早《すばや》く手を入れ、身体《からだ》を滑り込ませた。

「お義父様！」

初めて入った書斎は少し薄暗《うすぐら》く、壁《かべ》一面にある本棚《ほんだな》の所為《せい》か紙の匂《にお》いがする。

広い部屋の中央に置かれたソファーに座る伯爵が唖然《あぜん》とした顔で「ミラベル？」と口にした。

「お義父様、お聞きしたいことがあるのです！」

「お待ちください。当主の許可もなく此処《ここ》へ立ち入ることは禁止されています」

進行方向を手で遮《さえぎ》られ、そろりと見上げた執事の口角は上がっているのに目が笑っていない。伯爵が呆《ほう》けている間に側に行こうとした私は、またしてもあのムカック執事に止められてしまった。

「だって、こうでもしないとお義父様に会えないのですもの。私、ずっと寂しかったんです。亡《な》くなったお父様が連れてきてくださったお義父様なのに」

「ブラム、構わない」

俯き震《ふる》える声で訴《うった》えれば伯爵くらい簡単に押し切れる。

「……失礼いたしました」

「いいの。私が悪いのだから」

「どうぞ」

ブラムと呼ばれた執事は私が泣こうが喚《わめ》こうが顔色ひとつ変えず、返事すらしない。

この屋敷《やしき》に初めて来たときに簡単な自己紹介《しょうかい》はされたが、それだけ。私の名前を一度も呼んだことがないし、呼び止めるようなことがあっても、大抵《たいてい》は「お待ちください」「すみません」「失礼ですが」とこの三つを使い分けてくる。

故意だと気付くくらい露骨《ろこつ》で腹が立つが、執事ごとき怖《こわ》くも何ともない。

だって、伯爵は私を沢山可愛《かわい》がってくれているし。

「お久しぶりです、お義父様。あの、お聞きしたいことがあるのですが」

それに、いずれロティシュ家は私の物になるのだから。


「え、辺境の、砦《とりで》……？」

セレスティーアの居場所を訊《き》いた筈なのに、返ってきた言葉が理解できない。

暫《しばら》く見ないうちに随分《ずいぶん》と窶《やつ》れた伯爵が真面目《まじめ》な顔で頷《うなず》く。

「ごめんなさい、その、私はお義姉様が何処《どこ》に居るのか訊いたのですが」

「セレスティーアは、ランシーン砦で隠居《いんきょ》している父上の所に居る。この二年間、ずっとだ」

聞き間違いではなく、冗談《じょうだん》でも嘘でもないらしい。

「ランシーン砦とは何処ですか？」

「敵国が目と鼻の先にある北の地にある」

「北に……敵国？」

「王都や此処とは比べものにならないほど危険な地だ」

ゲームでは『他国との国境を長年護《まも》り続けているランシーン砦』という一文だけだった気がする。あまり印象にはないが、名前だけなら知っていた。

ヒロインの活動範囲《はんい》は狭《せま》く、王都と学園の中だけで完結している。休日に遠出するようなイベントもあるが、寮《りょう》暮らしなのだから日帰りが当たり前。他国の攻略対象とは王都や舞踏《ぶとう》会などで出会う。

戦争とか侵略《しんりゃく》とか、そんな物騒《ぶっそう》なゲームではなかった。

ヒロイン視点の小さな世界で彼等の悩《なや》みを解決しながら、心を寄り添《そ》わせ愛を育《はぐく》む恋愛《れんあい》ゲームなのだから、その一文しかないのも納得《なっとく》だ。

「その砦にどうしてお義姉様が？　お爺様《じいさま》に会いに行ったのですか？」

「会いに……行ったのだろうな」

「会いに行くだけなら二年間もそこに滞在《たいざい》する必要はありませんよね？　もうすぐ学園に入学しなくてはいけないし、お義父様が迎《むか》えに行かれるのですか？」

「迎えに行くつもりなのだが……」

伯爵様の曖昧《あいまい》な言葉に、嫌《いや》な予感がした。

「つもりとは……？　お義姉《ねえ》様は、帰って来ますよね？」

北の辺境の地なんて、寂《さび》れた街で覇気《はき》のない住人しかいないような所でしょ？　危険だと言うくらいだから気軽に出歩くことすらできないだろうし、碌《ろく》な物が手に入らないに決まっている。大切に育てられ贅沢《ぜいたく》に暮らしていたセレスティーアが耐《た》えられるわけがない。


——そう、絶対に耐えられるわけがなかったのに。


「あの子は砦のある街の軍学校に入るつもりらしい」

「……は？」

「説得はしてみるつもりだ。軍事貴族であろうと、貴族の令嬢《れいじょう》が軍学校に入った前例はない。もしセレスティーアが学園ではなく軍学校に入れば、噂《うわさ》は社交界で直ぐに広まり暫くの間は話の種にされる筈《はず》だ」

話の種って、要は醜聞《しゅうぶん》ってことでしょう⁉

そうなったら私だって笑い者になるじゃない！

「お義父様、絶対にお義姉様を連れ帰ってください。大好きなお義姉様と会えないなんて……耐えられません」

セレスティーアが軍学校に入ったルートなんてひとつもなかった。誰《だれ》を攻略《こうりゃく》しても必ず彼女は学園に女王様として君臨している。

それなのに、軍学校？　何もできないただのお嬢様が？

「ありがとう、セレスティーアを慕《した》ってくれて」

「当然のことです！」

私だけが転生したとは思っていなかった。

だからこそ、早い段階でセレスティーアが転生者かどうか確認《かくにん》したし、問題ないと分かったあとも手を抜《ぬ》かず攻略に力を入れた。勝手に自滅《じめつ》して無様に逃《に》げる姿もこの目で確認したのだから。

でも、もし、記憶《きおく》を取り戻《もど》すのが遅《おそ》かっただけだとしたら？

「私は」

転生ヒロインよりもあとに些細《ささい》な切っ掛《か》けで前世の記憶を思い出す……そんな悪役令嬢

の転生ものの小説だって沢山《たくさん》あった。

今思えば、突然《とつぜん》屋敷《やしき》から消えるなんて不自然だった。

二年間も音沙汰《おとさた》なく辺境の地で暮らしていたのも、軍学校だって、不自然どころか人格が変わったとしか思えない。

「大好きなお義姉様が居ないと、幸せにはなれませんから」

セレスティーアが何をしたいのか分からないけれど、そんな辺鄙《へんぴ》な場所からできることは何もない。逃げ回ってそのままフェイドアウトするのであれば、私はセレスティーアの醜聞を利用して上手《うま》く立ち回れば良い。

そうよ、私が幸せになる未来は変わらないのだから。

第五章

残りあと僅か

北の地に本格的な冬が訪《おとず》れた。

日の出時刻が遅く起床《きしょう》時間になっても外はまだ暗い。侍女《じじょ》が暖炉《だんろ》に薪《まき》をくべるのを横目に毛布に顔を埋《うず》める。二重窓の外から微《かす》かに聞こえる教会の澄《す》んだ鐘《かね》の音に瞼《まぶた》を持ち上げ、未練がましく毛布をひと撫《な》でしたあとベッドから出た。

この砦に来てから柔《やわ》らかかった手のひらは固くなり、細かった身体《からだ》は全体的に筋肉がつき、砦へ来たときとは何もかも、自身の顔つきすら違《ちが》って見える。

砦に来る前は、領地で学んでいた貴族令嬢としての教育ほど大変なものはないと思っていたが、このたった二年と比べればとても甘く優《やさ》しい日々だったのだと実感した。

「寒っ……」

冬は暖炉に火が入っていても寒く、雪で狩《か》りができないので備蓄《びちく》してある乾《かわ》いた食材を使った質素な食事。固い肉や塩漬《しおづ》けされた野菜を腹に詰《つ》め込んで訓練をこなしていく。

ルジェ叔父様《おじさま》からは一年と持たないだろうと言われていたが、意外と私は気が強い性格で、尚且《なおか》つ図太かったらしく、厳しい訓練にしがみつき挫《くじ》けそうになる度《たび》に悪態を吐《つ》いて今もこうして砦に居る。

「はぁっ……」

外は寒く、吐く息が白い。

昨夜から降り始めた初雪は地面を覆《おお》い隠《かく》し真っ白にしていた。

この時季から春先までの早朝訓練は屋内で行われ、その内容も異なる。雪に足を取られながら馴染《なじ》みのある訓練場へ入れば、そこに居るのはいつもとは違う面々。

「おはようございます」

「おはよう。もう準備は……ふは、雪だらけだよ」

「鼻が真っ赤だ。替《か》えの靴《くつ》はあるのか？」

入り口付近に居たロナさんとリックさんが駆《か》け寄って雪を払《はら》ってくれる。侍女が用意していた替えの靴に履《は》き替え、隅《すみ》のほうで何やら真剣《しんけん》に武器を見ているルジェ叔父様に近寄った。

「……こっちのほうが、いや、これでも危ないのか？」

「ルジェ叔父様？」

「ん、あぁ、来たか。ここは俺に任せて、セレスティーアは柔軟《じゅうなん》を始めておいで」

武器を両手に持ち真剣な顔でそう口にしたルジェ叔父様。何を任せるのかと訊く前に再び武器に向き直ってしまう。

「来たか、柔軟はしっかりしておけ」

「お爺様、ルジェ叔父様に何を任せたのですか？」

「何のことだ？」

何かあったのだろうかと、広間の中央で柔軟をしているお爺様の隣《となり》に並び身体を解《ほぐ》しながら訊《き》いてみたのだが……。

「ルジェ、そこで何をしている！」

「え、いや、何もしていませんよ!?」

お爺様に怒鳴《どな》られ悪戯《いたずら》がばれた子どものように慌《あわ》てるルジェ叔父様の姿に笑いが起きる。

ランシーン砦《とりで》の上層部が休日の朝に訓練場に集まることなどなく、誰に訊《たず》ねても今日は特別な日だと答えるだろう。

そう、今日は軍の頂点に君臨する圧倒《あっとう》的強者であるお爺様が手合わせをしてくれる日なのだ。

「お爺様はどのような武器を使うのですか？」

「見せたことがなかったか？　俺のは……」

「心配しなくても、父上のダミー武器は新人が使う物に変えておいたよ」

「……あぁ？」

背後から聞こえた声に振《ふ》り返ると、ルジェ叔父様が得意気に隅に置かれているダミー武器を指差した。

何をしているのかと思ったら、どうやらお爺様《じいさま》の武器をすり替えていたらしい。

「おい、今初めて聞いたぞ……」

「父上が大剣など振り回したらセレスティーアが吹《ふ》っ飛びますよ！」

「手加減するに決まっているだろうが」

「普段《ふだん》加減などしない父上の力量を信じていませんので」

「お前な……ったく、新人用の武器など久しく触《さわ》っていないぞ」

首、肩《かた》、腰《こし》と伸《の》ばし終えたお爺様はルジェ叔父様をひと睨《にら》みしたあとダミー武器が置かれた棚《たな》へ向かい、それと同時にロナさんとリックさんが私の左右にしゃがみ込む。

「ルジェ大佐《たいさ》、良い仕事しましたね！」

「そうだろ？」

「元帥《げんすい》、あれを使うつもりだったのか……」

お爺様に聞こえないよう声を潜《ひそ》め笑う三人の姿はまるで子どものようだ。何処《どこ》に隠したのか、見つからないと良いが……と輪になり話しているが、その様子をお爺様が振り返ってジッと見つめていることに気付いていない。

「元帥との手合わせは勉強にはなりますよね……ただ、次の日動けませんけど」

「他《ほか》の砦の奴等《やつら》には羨《うらや》ましいと言われるが、だったら手合わせしてみろと言ってやりたくなる」

「生粋《きっすい》のバーサーカーだからな……って、父上⁉」

「うわぁ……あの人、貴族ですよね？」

「剣が見えないんだが」

ブウンッ……と尋常《じんじょう》じゃない音が聞こえ驚《おどろ》きながら音の発生源であるお爺様を見れば、見慣れた灰色のダミー武器を右手に持ち、ただ上から下へと振っているだけ。しっくりこないのか何度か首を傾《かし》げたあと左手を伸ばし二本目のダミー武器を掴《つか》んだ。両手剣になったお爺様は二本の剣を器用に操《あやつ》り、一通り動いたあと満足した顔で頷《うなず》く……。

「父上……！　武器は一つ、その左手の物を放してください！」

「おい、これも駄目《だめ》なのか！」

「当然でしょうが⁉」

慌てて駆け寄ったルジェ叔父様が抵抗《ていこう》するお爺様から武器を取り上げている。

頑張《がんば》って！　と心の中で応援《おうえん》する私の横ではロナさんとリックさんが大きな溜息《ためいき》をついていた。

「本当にあれと手合わせをするの？」

「考え直すなら今だぞ？」

今日の手合わせはお爺様から提案されたもの。

剣以外の武器でも容易《たやす》く使いこなし、戦場に出れば大量の血を浴びるバーサーカーと称《しょう》されたお爺様が剣を振る姿はまだ一度も見たことがなく、その提案に即座《そくざ》に頷いていた。

それに、軍学校の入学試験のようなものだと言われては絶対に断れない。

口では嫌《いや》だと言うロナさんたちだが、剣を振るお爺様を見つめる瞳《ひとみ》は輝《かがや》いている。

「試験ですから、頑張ってきます」

作戦なんてものはなく、ただ全力で挑《いど》むだけ。

準備を終え中央に立つお爺様の前に進む。ロナさんとリックさんからは激励《げきれい》と共に肩を叩《たた》かれ、ルジェ叔父様は怪我《けが》をさせないようにとお爺様に何度も念を押している。

「へばるなよ？」

細身の剣を肩に載《の》せニッと笑ったお爺様と向き合い、自身のダミー武器を握《にぎ》り締《し》める。

模擬《もぎ》試合とは違い、この手合わせに始まりの合図などない。格上に挑むのだから、初めに動くのは格下の私。初手は右だと、小柄《こがら》な体格を利用しようと飛び出した。

「右に避《よ》けろ。そのまだ、距離《きょり》を取るな」

「……っ、ぐっ」

「半歩下がったあと左から懐《ふところ》へ入れ、そう」

「はっ……うっ!?」

「お前の力で受け止めようとするな、潰《つぶ》されるぞ」

目でかろうじて追える速度で振られる剣を目で追い攻撃《こうげき》を繰《く》り出すが、全《すべ》て避けられるか流されてしまう。稀《まれ》に態《わざ》と反応できない速度で振り下ろされる剣を剣で受けるが、腕《うで》と膝《ひざ》が耐《た》えられず地面に転がる。自分で考えて動くというよりも動かされている状態なのだが、それすらも満足にいかない。

息は切れ、手は痺《しび》れ、辛《つら》くて苦しいのにとても楽しい。

「ほら、もう少し頑張れ」

「もう、少し……っ」

「そろそろか」

その言葉と共に横に振られた剣を受けきれず、そのまま横に薙《な》ぎ倒《たお》されていた。

地面に仰《あおむ》向けに倒れながらお爺様を見上げるが、悔《くや》しいことに息すら乱れていない。

「随分《ずいぶん》派手に転がったな……お疲《つか》れ様。そうしていると、まるで軍人だな……」

肩を落とし悲しげな顔をするルジェ叔父様《おじさま》に微笑《ほほえ》むが、「手遅《ておく》れか」と目元を押さえ項《うな》垂《だ》れてしまった。

「いい加減諦《あきら》めろ。セレスティーア、手を」

ルジェ叔父様の横で呆《あき》れた顔をしていたお爺様が私に向かって手を伸ばす。

「二年間、よく頑張った。俺からは合格だ」

その言葉をこれほど嬉《うれ》しく思う日がくると、あのときは想像すらしていなかった。軍人になることはないが、少しその道を惜《お》しく感じているのは誰《だれ》にも内緒《ないしょ》にしようと決めた。


沢山《たくさん》の思い出がある場所から離れ一人遠くの地へ旅立つ日。

お母様の好きな花ばかりを集めた庭園には生暖かい風が吹き、乱れた髪《かみ》を押さえながら屋敷《やしき》を眺《なが》めていた。

果たしてこれは正しいのか、間違《まちが》いなのか。

自問自答したところで意味はなく、今迄《いままで》とは異なる道を歩むと決めた。

このときは全てを置いていく自身の感情だけを優先し、置いていかれる者の感傷など想像もせず、逃《に》げ出すことしか考えられなかった。

お父様に令嬢《れいじょう》をやめると宣言し家を飛び出してから二年。

私が逃げ込んだ先は想像していたよりも過酷《かこく》だったが、それ以上に充実《じゅうじつ》した日々でもあった。

話す機会が増えたお爺様からは領主の業務や領地経営の教えを受け、息子《むすこ》たちの反抗期《はんこうき》を嘆《なげ》くルジェ叔父様の相談相手を務め、ルドやレナートとは予期せぬ出会いを経て親友にまで昇格《しょうかく》していた。

粗野《そや》だと思われがちな軍人は優《やさ》しくて逞《たくま》しく、あらゆる面で尊敬できる人たちだ。命懸《いのちが》けで国境を護《まも》る姿を目《ま》の当たりにして、何も知らずにいた自分を恥《は》じたこともある。

此処《ここ》へ来たのはやはり正しかった。

あの頃《ころ》よりも成長し、軍事貴族の跡取《あとと》りとして未来をきちんと見据《みす》えるようになったから……と、騙《だま》し討《う》ちのように軍学校に入るのではなく話し合うように言われてから、ずっとお父様を説き伏《ふ》せる言葉ばかり考えている。

その所為《せい》でここ数日は訓練に身が入らずリックさんから何度も叱咤《しった》され、ニック大佐には治療《ちりょう》室から放《ほう》り出されてしまった。

お父様は承諾《しょうだく》書に署名せず、私を領地へ連れ戻《もど》し学園に入学させるだろう。ランシーン砦《とりで》に態々《わざわざ》足を運ぶ理由なんてそれしか思いつかない。家族三人で共に過ごした日よりも短い時間で、お父様を全く信頼《しんらい》できなくなってしまったから。

私の意見など聞かず、言葉も届くことはない。

だったら私も無視して良い筈《はず》だ。反対されたら目の前で暴れたって良い。

そんなことばかり考えながら、これから厳しく叱咤される自分を想像し肩を落とした。

昼過ぎにお父様が砦に到着《とうちゃく》したと聞き、一歩進むごとに重くなる足を何とか動かしてお爺様《じいさま》の執務《しつむ》室へ遣《や》って来た……のだが。

「セレス……良かった、無事だった。どこか、怪我はないか？」

色々と覚悟《かくご》を決め部屋に入ると、奥のソファーにお爺様とお父様の二人だけが居た。

額に手を当て項垂れているお爺様に声を掛《か》ける前に、扉《とびら》に背を向けていたお父様が物凄《ものすご》い勢いで振《ふ》り返り、即座に立ち上がると大股《おおまた》で近付き挨拶《あいさつ》する間もなく立ち竦《すく》んでいた私を抱《だ》き締めたのだ。

「あの、お父様……？」

「何だ？　やはりどこか怪我を⁉」

「いえ、どこも怪我はしていません」

「痩《や》せたのではないか？　食事は、栄養は取れているのか？」

勝手なことをしている自覚はあったので怒《おこ》られる覚悟をしていたのに、まさかこんな風に心配されるなんて微塵《みじん》も思っていなかった。

微《かす》かに震《ふる》えるお父様の肩《かた》を摩《さす》り、大丈夫《だいじょうぶ》だと背中を叩く。

そんな私たち親子の遣り取りを眺めていたお爺様は「大袈裟《おおげさ》だ」と呆れ果てているが。

「どこも怪我などしていないし、元気だと言っただろうが。心配し過ぎだ」

「父上に何が分かるのですか……娘《むすめ》に何年も会えず……こんなに、大きく……っ」

「鼻水と涙《なみだ》を拭《ふ》け、鬱陶《うっとう》しい」

「うぐっ……」

僅《わず》かに身動《みじろ》ぎしたお父様は顔を背《そむ》け、胸元《むなもと》からハンカチを取り出し鼻や頬《ほお》を一生懸命《いっしょうけんめい》拭《ぬぐ》っている。普段《ふだん》はしっかりした人なのに、稀にこうして脆《もろ》い部分が露見《ろけん》してしまう。

国王の覚えもめでたい伯爵家《はくしやく》の領主。

これだけを聞けばさぞ華《はな》やかな生活を送っていることだろうと思われるが、実際の領主の生活なんてどこも同じで、そう華やかなものではない。

お爺様曰《いわ》く、国王の意向に背かない程度に自由な統治を認められてはいるが、領民を守り国に税を納める義務、侵略者《しんりやく》の襲撃《しゆうげき》や撃退《げきたい》に反乱の鎮圧《ちんあつ》といった責任の全てが領主の肩に伸《の》し掛かり、それらは途轍《とてつ》もない重圧であるらしい。

「私よりも、お父様の方が痩せて顔色も悪いようですが」

「今が一番忙《いそが》しい時期だろうに、無理をして来たんだろう」

「無理などしていません！」

「分かったから、泣くな」

夜明けと共に始まる領主の仕事。補佐《ほさ》する執事《しつじ》や屋敷の管理を行う家令との打ち合わせに、領内で起きた犯罪等の取り締まりや防衛等の見直しをし、領民からの嘆願書《たんがん》に目を通す。一日の大半は領地に関する業務に追われ、季節の変わり目には領内で穫《と》れる穀物などの収穫量《しゆうかく》を確認《かくにん》し、問題が起きている場合は自ら視察に向かう。視察する地域によっては何日も家を空けることがあり、一月《ひとつき》近く顔を見ないことも多々あった。

更《さら》に、軍事貴族は戦争に備え資金を蓄《たくわ》えておく必要がある。その為《ため》には新事業や他国と

の貿易、商人の確保など常に様々なものに目を光らせ、誰よりも早く手を付けなくてはならない。

お父様が多忙《たぼう》だということは分かっていた。

けれど、お爺様に教わるまで「多忙」という一言にこれだけのものが詰《つ》まっていることを知らなかった。

疲れた顔など見せずに家族との昼食の時間だけは必ず確保して、お母様や私の話に耳を傾《かたむ》けてくれていた。そんなお父様を尊敬するし、とても誇《ほこ》らしく思う。

でも、お父様は完璧《かんぺき》な人ではなく、身内からポンコツと称《しょう》される人だった。

家を出たときよりも身体《からだ》の線は細くなり窶《やつ》れ、普段綺麗《きれい》に整えられている髪はボサボサで、服の襟元《えりもと》は涙で濡《ぬ》れ皺《しわ》になっている。使ったハンカチをくしゃくしゃに丸め胸元のポケットに突《つ》っ込んだときは思わず注意していた。

緊張《きんちょう》して変に力が入っていたのに、ポンコツなお父様の姿を見たらストンと気持ちが軽くなっていく。

「まったく、いつまでそうしているつもりだ？　セレスティーアも座れ」

「はい」

「セレスは私の隣《となり》に……あっ⁉」

「それでは話ができないだろうが」

「すみません、お父様」

私から離《はな》れようとしないお父様を避《さ》けお爺様の隣に移動すると、手を伸ばしたお父様の顔がくしゃっと歪《ゆが》む。今にも泣きそうなお父様は「私の娘なのに……」と呟《つぶや》きながらお爺様を睨《にら》み、渋々《しぶしぶ》正面のソファーに腰《こし》を下ろした。

「……話とは、これのことですか？」

テーブルの上に置かれた紙は軍学校に提出する承諾書。

やはり、署名欄《らん》にお父様の名は書かれていない。

「セレスティーアからの手紙に、それについての詳細《しょうさい》は書かれていた筈だが？」

「えぇ、書かれていました。ですが、承諾書に署名はしません。娘を軍学校に入学させるつもりはありませんので。私は、セレスを連れ戻しに来ただけです」

「本人の意思を無視してか……？」

「父上なら軍学校がどのような場所かご存知でしょう？　軍人ではないとはいえ、候補生なのは変わりません。もし戦争が始まれば戦場へ駆《か》り出されることになる。ランシーン砦には父上やルジェが居たからまだ耐《た》えることもできたが、戦場にセレスが行くことにでもなったら、そう思うと不安で気が気でない。母上も妻も亡《な》くし、私にはセレスしか残っていないのです。もうこれ以上失いたくはありません」

「お前の気持ちは分かるが、話し合いを拒《こば》む理由にはならない」

「父上に私の気持ちが分かるわけがない。貴方《あなた》は家族よりも戦場を好んでいたではないですか！　目を輝《かがや》かせ、嬉々《きき》として誰《だれ》よりも多くの人間を葬《ほうむ》ってきた。だからこそ仲間からもバーサーカーなどと呼ばれていたんです！」

「間違《まちが》ってはいないな」

「セレスを貴方と同じ道に引きずり込むようなことはしないでください。この子はロティシュ家の跡継《あとつ》ぎであり、私の大切な娘です！」

軍人にはならないと、そう手紙に書いておいたから大丈夫だと思っていた。

でも、お父様が懸念《けねん》している通り、軍学校に入った時点で何も危険はないとは誰にも言えない。

「大切な娘なんだな？」

「当然です」

「それなら、その大切な娘の話くらい聞けるだろ？」

「……」

「セレスティーア」

どう切り出そうか迷っていたが、お爺様がその切っ掛けを作ってくれた。

それなら……と一度深呼吸して心を落ちつけ背筋を正す。

全《すべ》て包み隠《かく》さず。また失望することになったとしても後悔《こうかい》するよりはマシだ。

「お母様が亡くなった翌年にお父様は後妻を迎《むか》えました。仕方がないとは分かっていても、裏切られたように感じました」

「後妻……」

困惑《こんわく》しているお父様には悪いが、話をするならここからになる。

「何も伝えられず、相談もなく、ある日いきなり義母と義妹《ぎまい》ができたのです。泣けば良いのか怒れば良いのか……結局そのどちらもできませんでしたが」

「それは、説明した筈《はず》なのだが」

「亡くなった親友の為だと聞きました。事後報告でしたが」

「放《ほう》って置くわけにはいかなかった……」

「夫を亡くし爵位もなくなるのですから同情もするでしょう。お父様は義母にお母様の部屋を使わせず鍵《かぎ》をかけ閉じました。ですから、再婚《さいこん》に関しての不満は呑《の》み込めたのです」

「……待て、再婚とは言ってもミラベルが嫁《とつ》ぐ間までの契約《けいやく》結婚だぞ？　そのあとの援助《えんじょ》も最低限はするつもりだが、ミラベルだけではなくソレイヤの再婚相手も探しているところだ」

夫を亡くした者の援助、もしくは一時的に保護せざるを得ないときに婚姻《こんいん》を利用するのが契約結婚だ。その場合は代理人を挟《はさ》み、法的効力の強い公正証書に離縁《りえん》を条件に婚姻関係を結ぶ旨《むね》を記入し作成する。婚姻期限や条件など内容は様々だが、お父様とお義母様《かあさま》の婚姻期間はミラベルが嫁ぐ日までで、そのあとは婚姻無効を申請《しんせい》し他人となると聞いている。

「ソレイヤには公式行事でのパートナーのみで、当主夫人としての仕事は一切《いっさい》させていない。ミラベルにもロティシュ家が使える権限を与《あた》えていないのだが」

再婚と契約結婚ではその意味合いが大きく異なってくる。

婚約式も結婚式もなかったのは契約結婚だからで、そのことを周囲に周知するためでもあった。

「私が愛しているのはリュミエとセレスティーアだけだ。それだけは信じてくれ」

「分かっています。お義母様のことも嫌《きら》っていたわけではありませんでしたから、そのことに関してはあまり気にしていません」

「そうか、それなら何故《なぜ》軍学校に……？」

今の話の流れでは勝手に契約結婚をしたお父様に反抗《はんこう》して家を出たのだと思われていても仕方がないかもしれないが、そうではない。

「セレスティーアは七歳でフロイド・アームルと婚約する」

いきなり何を言いだした？　という顔をお父様はしているが、恐《おそ》らく当時の私もそんな顔をしていたと思う。

「フロイド・アームルは婚約者であるセレスティーアではなくその義妹に恋《こい》をし、叶《かな》わない想《おも》いに悩《なや》み苦しむことになると……」

「誰がそんな馬鹿《ばか》げたことを？」

「お義母様たちが我が家に来て暫《しばら》くした頃《ころ》に、ミラベルに言われた言葉です」

「ミラベルが……？　フロイドと面識があったのか……？　だが、その頃はまだ話も出ていなかった筈だ」

「面識はないかと。次男の婚約の話をするくらい親しい間柄《あいだがら》であれば、お義母様はお父様ではなく侯爵《こうしゃく》様に助けを求めていたでしょうから」

「そうだな……侯爵は葬儀《そうぎ》に来ていなかった」

ミラベルの父親は商家の息子《むすこ》で、学園で得た人脈を駆使《くし》して投資で財を成し、没落《ぼつらく》した貴族から爵位を買って貴族の仲間入りを果たした。その過程でアームル侯爵と繋《つな》がりができたのではないかと私も一度は考えたが、それはないという結論に至った。

男爵は爵位を得たとしても、元は平民。下級貴族ならまだしも、上級貴族と平民では相《あい》容《い》れない。お父様が少し変わっているだけで、大多数の上級貴族は新興貴族など相手にすらしないだろう。

「ミラベルはこの世界の主人公で、無条件に皆《みな》に愛され、最後は王子様と結婚すると言っていました。これはフロイド様のときと同じく予言だと」

「……」

何も言えない気持ちは良く分かる。普通なら馬鹿らしいと笑って一蹴《いっしゅう》するような話なのだから。

「学園で傍若無人《ぼうじゃくぶじん》に振《ふ》る舞《ま》う私は、卒業パーティーでフロイド様に婚約破棄《はき》されるそうです。それだけではなく、王族には不敬を働き、ミラベルを溺愛《できあい》するお父様からは修道院に捨てられるのだと」

「そんなことがあるわけがない……！」

「ですが、ミラベルの予言の通り私の婚約者はフロイド様でした。お父様がお義母様かミラベルに話していなければ知り得ることではありません」

「セレスの婚約については人払《ひとばら》いをしたうえで執事《しつじ》にしか話していない。偶然《ぐうぜん》……とは言い難《がた》いな」

「フロイド様とミラベルの仲睦《なかむつ》まじい姿を見て、漠然《ばくぜん》とした不安や恐怖《きょうふ》を感じました。もし他《ほか》の予言も全て現実となってしまったら？　そう思い、学園に入らずに済む方法を探したのです」

「まさか、それが軍学校だったのか？」

前以《まえもっ》て予言という形で恐ろしい未来を知り、何も手を打たないでただ時間が過ぎるのを待つわけがない。

ミラベルが語った内容は主に学園の中だけの事。それなら学園に通わなければ予言は全てなかったことにできるかもしれない。回避《かいひ》できる確信はなかったが、屋敷《やしき》で唯一《ゆいいつ》お義母様たちと初めから距離《きょり》を置いていたお父様の執事であるブラムに協力を仰《あお》いだ。

『家を出るのであれば、フィルデ様を頼《たよ》るのがよろしいかと。多少の覚悟《かくご》は必要となりますが』

爵位を譲《ゆず》り国軍も引退して隠居《いんきょ》生活を送るお爺様《じいさま》だが、お父様やアームル侯爵が口を出せない権力者を手紙一つで動かすことができ、軍学校はお爺様の権威《けんい》の直接的な影響《えいきょう》下にある場所。一時的に避難《ひなん》するのではなく本気で軍学校に通うのであれば、屋敷を出てランシーン砦《とりで》に向かうべきだ。

そうブラムから助言を受け、数名の侍女《じじょ》と護衛を選別し念入りに準備を進めた。その結果が今に至る。

「何が起こるか分からない学園にだけは、絶対に入りたくありません」

「だが、軍学校は……」

これでお父様を説得できなければ、選択肢《せんたくし》は最終手段の暴れる一択《たく》になる……。

「ミラベルの予言は学園を卒業するまでのことでした。ですから、その期間だけ不安要素から離《はな》れていたいのです」

「……」

「お父様、お願いします」

「……っ」

「軍学校に入る許可をください」

「私に悪いところがあれば全《すべ》て直す。だから、それだけは考え直してくれ」

このまま押し切れるのではないかと期待したが、そうはいかないらしい。

「お父様の言葉は信用できません」

「信用でき……」

承諾《しょうだく》書をそっと指で押し返したお父様が動きを止め固まってしまった。

今迄《いままで》のことを考えれば当然の言葉なのに、何故そんなに驚《おどろ》いているのか。

「婚約者のことで、家を出る前にはお父様への信頼度《しんらいど》はなくなっていましたから」

「婚約者？　フロイド・アームルのことか？」

「フロイド様だけではなく、ミラベルのこともですが」

「何故、ミラベルが出てくる？」

眉《まゆ》を寄せて呟《つぶや》き首を傾《かし》げるお父様にどこから話すべきかと考え、過去を思い出し段々と腹が立ってきた。

順序立てて話すつもりだったのに……。

「お父様は、私とフロイド様の関係をどうお考えですか？」

「……婚約者だろう？」

「婚約者……そう、婚約者です」

「セ、セレス？」

お父様が決めた婚約なのに、あれを見て何も思わなかったのだろうか？

「婚約者というのは、婚約披露《こんやくひろう》の場で私を放《ほう》って義妹《ぎまい》と踊《おど》り談笑《だんしょう》し、お茶会、観劇、音楽祭、どの場面でも義妹をエスコートし、馬車の中でも室内でも義妹と寄り添《そ》い、婚約記念日に婚約者に手渡《てわた》す花束を侍従《じじゅう》に届けさせた挙句、庭園で義妹と仲良くお茶会をする人のことですか？」

口からボロッと零《こぼ》れたのは、恨《うら》み言だった。

握《にぎ》り締《し》めた拳《こぶし》がギチッ……と音を立て、隣《となり》に座るお爺様が私を宥《なだ》めるかのように優《やさ》しく背中を叩《たた》く。

「まぁ、凄《すご》い！　お父様の仰《おっしゃ》る婚約者とは、このようなことが普通《ふつう》なのですね」

普通なわけがない。

この話をお爺様とルジェ叔父様《おじさま》にしたとき、二人は頭を抱《かか》えていたのだから。

「私は何度かお父様に訊《たず》ねましたよね？　どうしてミラベルがいつも私たちに同行しているのかと。それに対してお父様は、ミラベルは姉を慕《した》っていて離れたがらないのだと仰っていましたが、おかしいですよね？」

「……いや」

「フロイド様の婚約者は私なのに、ミラベルの方が婚約者らしい振る舞いをしていました。お父様はそれを咎《とが》めるわけでもなく寧《むし》ろ推奨《すいしょう》し、私の心は酷《ひど》く傷ついたのですよ？」

「それは……」

「ですので、もう何を言っても無駄《むだ》だと思い我慢《がまん》し続けた結果、お父様への信頼は消え失《う》せました。これっぽっちもありません」

「セレス……」

親指と人差し指をくっつけ、お父様の眼前に突《つ》き出した。ショックを受けたのか、お父様は両手で顔を覆《おお》ってしまい、お爺様は深く息を吐《は》き出しソファーに身を沈《しず》め傍観《ぼうかん》態勢だ。

さあ、これでどうだ！　と小さく頷《うなず》き、お父様が口を開くのを待っていた……のだが。

「すまない。ミラベルが同伴《どうはん》していたのは、私がそう指示を出していたからだ」

とんでもない事実を告白され、思わず唸《うな》り声を上げたお爺様と私の厳しい視線にお父様はギュッと身体《からだ》を縮こませた。

「どういうことですか？」

「フロイドと顔合わせをした日、セレスは無理に笑顔《えがお》を作っていただろう？　ぼんやりして話を聞いていないようだった」

「顔合わせ……あ！」

あれは私にとって婚約者の顔合わせではなくミラベルの妄想《もうそう》が現実となった瞬間《しゅんかん》だった。

混乱していたのもそうだが、色々と思案していた所為《せい》でぎこちない笑顔になり、誰《だれ》に話し掛《か》けられても上の空で返事も曖昧《あいまい》だったのを覚えている。

「私は政略結婚ではなかったから、セレスの気持ちが分からなかった。失敗したのではないかと思い、女性の観点から知りたくてソレイヤに相談したのだが……。あれだ、女性には理想というものがあるのだろう？　それに当てはまらないのであれば気に入らないのは仕方がないと言われ、先《ま》ずは第三者を間に挟《はさ》み徐々《じょじょ》に打ち解けていくところから始めるべきだと」

「その第三者がミラベルですか？」

「自分たちよりも幼い子が側《そば》に居ればそれほど険悪なことにはならないからと。それに、フロイドは内気で口数の少ない子だから会話が成り立たないのではないかと、アームル侯《こう》爵《しゃく》も心配していたんだ」

内気で口数が少ない？　フロイド様にそんな印象を持ったことはない。話題が豊富とはいえないが、いつも可愛《かわい》らしく微笑《ほほえ》みながらミラベルと楽しそうに話していたのだから。

寧ろ、中々会話に入れず悶々《もんもん》としながら無言でいた私にこそ当てはまる言葉ではないだろうか……？

「だからって、どうして……」

「父親では分からないことも多く、普段《ふだん》セレスの側にも居られない。何かあれば女性であるソレイヤの方が上手《うま》くやれる。二人の側にミラベルが居れば様子も探《さぐ》れて仲も取り持てるのではないかと」

「そうお義母様《かあさま》に言われたのですか？」

「許可したのは私だ。本当にすまなかった」

お父様は私を想《おも》って見当違《けんとうちが》いなことをしてしまい、娘《むすめ》である私は無駄に我慢をし続けた。互《たが》いに意思疎通《いしそつう》を疎《おろそ》かにした結果なのだろう。過去のことをこれ以上責めたところでどうしようもない。私にも悪いところがあった。

だからこそ、今度は失敗しないようにしっかりと未来について話をしておくべきだ。

「お父様、私たちには対話が足りていません。ですので、これからは自分の意思をはっきりと口にすることにします」

「……そうだな」

「私は軍学校に入ります。ですから、その承諾書に署名をお願いします」

「……うっ」

何度も開きかけた口を閉じ辛《づら》そうに眉を寄せるお父様を祈《いの》るように見つめていたら、傍観していたお爺様《じいさま》が抑揚《よくよう》のない声でお父様の名前を呼んだ。

「一度なくした信頼を取り戻《もど》すのは難しい。それなのに、娘の助けを求める声を二度も無視するのか？」

これが決め手となったのか、ゆっくりとテーブルへ手を伸《の》ばしたお父様は承諾書を引き寄せ、一瞬躊躇《ためら》ったあと胸元《むなもと》からペンを取り出した。

「条件がある……」

「条件ですか？」

「月に一度は必ず手紙を寄越《よこ》しなさい。軍学校で何かあれば必ずルジェの息子《むすこ》たちを頼《たよ》ること。怪我《けが》をせず、卒業したら真っ直《す》ぐに帰って来なさい。それと、来年の音楽祭には父上と共に参加してもらう」

「……俺もか？」

「当然です。父上はセレスと共に会場に入り、口さがない者たちを徹底《てってい》的に叩き潰……いえ、圧力をかけ一掃《いっそう》していただきます！」

荒《すさ》んだ目をして承諾書に名前を書き捨てたお父様に頷き、いつの間にか巻き込まれていたお爺様も大袈裟《おおげさ》に肩《かた》を竦《すく》め了承《りょうしょう》した。

唇《くちびる》を引き結びぷるぷる震《ふる》える手で差し出された承諾書を受け取り、お爺様に掲《かか》げて見せる。

「良かったな。俺は息子の育て方を間違えたと、孫に許しを乞《こ》うことになったが」

「父上に育てられた覚えはありません」

「でしたら、私もお父様に育てられたのではなく、お爺様に育てられたことになるのでしょうか？」

　本心ではなかったとしてもそのようなことは口にしてはいけないと、お爺様の代わりに私が反論する。

「それもそうだな」

「セレス……」

　そんな悲しげな顔をしても、お父様だってお爺様に同じようなことを口にしたではないか。

「お爺様が戦場へ出ていたのは国や民《たみ》、家族を護《まも》る為《ため》です。お父様は戦場へ立ったことがありますか？　どれほど惨《むご》い場所なのかご存知ですか？　命懸《いのちが》けで戦った父親に向かって育てられた覚えがないなんて、そんな酷い言葉は二度と口にしないでください」

　警報音が鳴り響《ひび》き、建物の中を走り回る音が聞こえ、真夜中なのに砦《とりで》周辺に明かりが灯《とも》る。数時間も経《た》てば怪我人が運び込まれ衛生班が動き出す。呻《うめ》き声と罵声《ばせい》が飛び交《か》うなか必死に手を動かすが、それでも助けられない仲間を前に声を殺して泣くのだと、ニック大《たい》佐《さ》が新人だった頃《ころ》に何度も体験したことだと話してくれた。

「父上」

「何だ、謝罪なら不要だぞ？」

「どうしてセレスはこんなに軍人気質になっているのですか……？」

「……知らん」

　ニヤニヤしていたお爺様がお父様に責められそっぽを向き拗《す》ねる姿が可愛らしい。

「ところでお父様。此処《ここ》にはいつまで滞在《たいざい》する予定ですか？」

「トーラスの視察も兼《か》ねて来ているのだがこのあと他《ほか》にも向かう予定だ。雪が酷くなる前には戻らなくてはならないので、此処に居られるのは二日程度だろう」

「視察するものなんてないだろう？」

「いえ、ここ何年かで武器の質が変わったと報告を受けていまして、お心当たりは？」

「俺は隠居《いんきょ》しているんだぞ？」

「誤魔化《ごまか》しても無駄です。また宰相《さいしょう》が乗り込んで来る前に正直に話してください。そろそろ我慢《がまん》の限界だと足踏《あしぶ》みをしていたらしいですよ」

「少しくらい大目に見ろ……セレスティーア、こんな口煩《くちうるさ》い領主になるなよ」

　武器の質……確か、街に出たときにルドとアルトリードさんが独自の技術がどうとか話していた気がする。宰相様が怒《おこ》るくらいなのだからまた何か隠《かく》れて作っていたのだろう。

「ロティシュ家はトーラスの管理を任されているのですよね？」

　とっとと関連書類を出せとお爺様の執務《しつむ》机を漁《あさ》るお父様を横目にお爺様に問いかけた。

「ランシーン砦に一番近い領地だからな。まぁ、貴族の中で恐《おそ》ろしく武に偏《かたよ》っていた為に、国境である辺境の地を与《あた》えられたのが発端《ほったん》なんだが」

ろう？」

「戦争になれば此処は真っ先に戦禍《せんか》を被《こうむ》る。その分、税の免除《めんじょ》や多少の悪さは見逃《みのが》してくれるが、何かあったときに責任を取る者が必要だ。それがここを任されている領主だ。それに、此処が落とされでもしたら領地も危《あや》うい。そうならないよう領主は命懸けで護るだろう？」

「武に……」

「領地を人質《ひとじち》に取られているような感じですね」

「あいつがズル賢《がしこ》いのは血筋か……？　息子のルドウィークとレナートは素直《すなお》に育っているんだが」

嫌《いや》そうな声とは反対に、笑《え》みを湛《たた》えているのだから国王陛下とお爺様の関係はとても良いものなのだろう。

承諾書《しょうだくしょ》を抱《だ》き締《し》め、明日にでも郵送しようとソファーから立ち上がる。

その際に、お父様に声を掛《か》けるのも忘れない。

「お父様、明日は何かご予定がありますか？」

「いや、まだ特に決まってはいないが……何かあるのか？」

嬉《うれ》しそうに笑みを浮《う》かべるお父様に私も微笑む。

恐らく、ダンやサーシャならこの時点で顔を引き攣《つ》らせ足早に逃《に》げて行くだろう。

「では、今日を含《ふく》めて残り二日しかないので、明日は視察を兼ねて一日軍人体験をいたしましょう」

「……ん？　軍人体験とは？」

「私がどういった生活を送っているのか、一度体験していただこうかと」

「それは良い……ぶっ、く、ふはっ……！」

お父様は私の二年間を知ることができ、私はお父様がどの程度動けるのか知ることができる。我《われ》ながら名案だとほくそ笑みながら、大笑いするお爺様と唖然《あぜん》とするお父様を残し弾《はず》む足取りで部屋を出た。


常に机に向かって仕事をしている領主だからといって身体《からだ》を全く鍛《きた》えていないわけではない。貴族の子息は学園に入れば必然的に騎士《きし》科にも籍《せき》を置く為、乗馬と剣術《けんじゅつ》くらいは幼い頃から学んでいるものだ。

卒業後は騎士か官僚《かんりょう》の二つに分かれるが、家の跡《あと》を継《つ》ぐ予定の者たちは爵位《しゃくい》を譲渡《じょうと》され領地へ戻るまで国の中枢《ちゅうすう》で官僚として働く。

お父様は官僚をすっ飛ばし卒業後直《す》ぐに領主となっているので、領主の仕事とは別に領地に待機させている私兵の訓練も任されている。時々お父様が私兵に交ざって訓練している姿を何度か目にしたことがあった。

——午前四時。

いつも通り身支度《みじたく》を済ませて外へ出ると、既《すで》に何人かは柔軟《じゅうなん》を始めながら談笑《だんしょう》をしている。その輪の中から一人外れ、手足を動かしているお父様を見つけた。動きやすい服装と髪《かみ》が邪魔《じゃま》にならないよう頭部に細い布が巻かれている。しっかりと準備してきたお父様にニンマリしながら声を掛けようと足を動かすも……背後から肩を摑《つか》まれ動けない。

「……ダン」

「いやいやいや、そんな睨《にら》まれても、俺は皆《みな》を代表してセレスを捕獲《ほかく》しに来たの！」

「捕獲されるようなことはしていないが？」

「え、あれ、ほら、あそこの人！」

ダンが指差す方へ顔を動かすが、そこにはお父様が立って居て不可解な面持《おもも》ちで私たちを見ている。

「私の父だが？」

「リックから聞いた。貴族ってだけでちょっと緊張《きんちょう》するのに、領主でしょ？　無理、吐《は》く、言葉が通じないかもしれない」

「私も貴族で未来の領主だが？」

「……そうだった⁉」

お爺様《じいさま》やルジェ叔父様《おじさま》には気軽に話し掛け、訓練中は悪態まで吐《つ》いているのに……。

お父様と比べれば、貴族で領主兼元帥《けんげんすい》だったお爺様なんて遥《はる》かに雲の上の人だと思うのだが？

呆《あき》れながらその場で柔軟を始めると、ダンが私の横にしゃがみ込み声を潜《ひそ》めた。

「領主様とセレスってあまり似てないよな。どちらかというとセレスは元帥似？」

「顔立ちや色彩《しきさい》はほとんど同じだと思うが」

「んー、雰囲気《ふんいき》？　オーラ？　なんか、領主様は気高い感じ？　ほら、元帥とセレスも上品な感じはするけど、あれだ、獣《けもの》が人間を真似《まね》ているような、っだあ……⁉」

「誰《だれ》が獣だ？」

「……っう、そういうとこがっ……嘘《うそ》、冗談《じょうだん》です！」

立ち上がると同時にダンの足を踏《ふ》みつけ、痛みに身悶《みもだ》える姿を一瞥《いちべつ》したあとお父様のもとへ移動する。その途中《とちゅう》、ダンと同じように面白《おもしろ》がって声を掛けてくる者たちには容赦《ようしゃ》なく制裁を加えていく。

「セレス……今のは……」

いつもの遣《や》り取りなのだが、どうやらお父様には刺激《しげき》が強過ぎたらしい。

「おはようございます」

「あぁ、おはよう……いや、そうではなく」

言いたいことは分かっている。

だが、昨日の私は伯爵《はくしゃく》家の令嬢《れいじょう》の皮を被《かぶ》った偽者《にせもの》。今日はありのままの私を見てもらうのだから猫《ねこ》を被る必要はない。

「そろそろ始まります」

「何が始まるんだ……？」

リックさんが動き出したのを合図に、ソワソワしているお父様の背中を押して走り出した。


「随分《ずいぶん》と走ったな。で、次は何をするんだ？」

額の汗《あせ》を拭《ぬぐ》い、乱れた息を整えながらもまだ余裕《よゆう》がありそうなお父様に感嘆《かんたん》する。

私やルドたちと比べるのはおかしいが、新人の軍人だって走ったあとは地べたに座って息を切らしているというのに……。

普段《ふだん》から走っているのか「良い運動になった」とお父様が口にすると、ダンたちが一斉《いっせい》に振り返った。気持ちは分かる。お父様、運動できなそうだから。

「まさか走りきるとは思いませんでした」

「そうか？　これでも私は学園を首席で卒業しているんだぞ？」

学園で学ぶものは基本的な学業の他《ほか》に、マナー、音楽、多言語、神学がある。

首席で卒業するにはこれら全《すべ》てで最高評価を獲得《かくとく》し、更《さら》にお父様の場合は騎士科でも最高評価を得なければならない。ただ勉学だけできれば良いというわけではない。

「全て最高評価を？」

「でなければ首席は無理だな」

「お爺様が、お父様には剣術の才能がないと」

「馬術も剣術も、父上と比べれば才能がないことになる」

確かに……と頷《うなず》いた。

以前、ルジェ叔父様がお爺様は何事においても規格外だとぼやいていたことがある。軍学校時代は色々と比べられ大変な思いをしたと。

「剣を扱《あつか》えないわけでもなく嫌《きら》っているわけでもない。痩《や》せ細っていく母上の手伝いを少しでもできるよう、剣を振ることより知識を優先した結果だ」

お父様と並んで歩きながら他愛《たわい》もない話をする。

お母様が亡《な》くなってからこんな風にお父様と過ごしたことなどなかった。

それだけ、気付かないうちに距離《きょり》が離《はな》れていたのだと実感する。

るのか？」

「私のことよりも、セレスが走りきったことに驚《おどろ》いたのだが……。毎日訓練に参加してい
「お爺様が私専用の訓練メニューを作ってくれているので」

「専用も何も、セレスも同じ距離を走っていなかったか？」

「慣れたので、皆と同じになっただけです」

此処《ここ》へ来て半年くらいは今の半分も走ることができず途中で倒《たお》れることもあった。走ったあとは暫《しばら》く動けず、水を飲めば吐く。朝食を無理矢理《むりやり》胃に入れまた吐く。これを繰《く》り返して今がある。

ここまでくるのに本当に苦労した。

「そうか。ところで、口調が少々……硬《かた》い、いや、よそよそしいような気がするのだが」

お父様が何か呟《つぶや》いていたが、お腹《なか》が空《す》いていたので気にせず食堂へと入って行く。朝食は一日の中で最も大切なものだからしっかり食べないと。

「セレス……そ、その量を食べるのか？」

「はい」

お父様が私のトレイに載《の》った皿を凝視《ぎょうし》しているが、これくらいは余裕だ。寧《むし》ろお父様はその量で足りるかと逆に私が問いたい。

小鳥の餌《えさ》くらいしか載っていないお父様の皿に、私が大量に持ってきた肉を二切れほど

置く。

「そんなに持ってくる必要はあったのか？　足りなければあとで取りに行けば良いだろう？」

「無くなってしまいますから。既定《きてい》の量以上は早い者勝ちです」

「そうなのか」

心なしか楽しそうに食堂を見回すお父様に首を傾《かし》げた。

「学園内に食堂はなかったのですか？」

「似たようなものはあった。だが、上級貴族と優秀《ゆうしゅう》生はテラスに専用席があり、座って待っていれば勝手に給仕《きゅうじ》される」

「下級貴族や平民は？」

「此処と同じで自身で取りに行っていたような気がするな」

「優秀生というのは身分関係なく選ばれるものですか？」

「どちらかというと平民が多かったな。まぁ、学園に入れるくらいの者たちなのだから当然なのかもしれないが。でも、彼等は優秀生の特権を行使していなかった」

「上級貴族と同じ待遇《たいぐう》など受ければ、周囲が黙《だま》っていませんよ」

「学園は身分が物を言うからな」

「そうですね……」

伯爵家の跡継《あとつ》ぎであり侯爵《こうしやく》家の婚約《こんやく》者を持つ私が学園に入っていたら、きっと特別な扱いを受け知らず傲慢《ごうまん》になっていただろう。一月《ひとつき》もしないうちに女王様の誕生だ。

「ところで、まだ食べるのか?」

時間を確認《かくにん》しながらどんどん口に詰《つ》め込んでいく。

口の中に物が詰まった状態で話すのはマナーが悪いので、手も口も止めることなく深く頷くだけにしておいた。

本来なら朝食のあとは自主訓練となるが、お父様は日が暮れる前に此処を発《た》つ予定なので領主の視察という名目でルジェ叔父様が実地訓練に変更《へんこう》してしまった。

そして、当然のことだが本日の指導役は……。

「久しぶり、兄上」

「ルジェ?」

リックさんと共に現れたルジェ叔父様《おじさま》だ。

「昨夜のうちに顔を出そうと思っていたんだが、兄上が執務《しつむ》室から出てこないから諦《あきら》めたよ」

「父上の所為《せい》だ。ルジェも何かあるなら吐《は》け」

「相変わらずだな……リック、そっちはもう始めておけ」

事実上ランシーン砦《とりで》のトップであるルジェ叔父様の登場に驚きながら嬉《うれ》しい悲鳴を上げるのは新人のみで、他の者たちの間には一瞬緊張《いっしゅんきんちょう》が走るが、ルジェ叔父様の標的がお父様だと分かると安堵《あんど》の色を見せた。

「署名してもらえたんだって？」

「はい」

「……兄上にはもう少し粘《ねば》ってほしかったが、仕方がないか」

軍学校反対派の一人だったお父様が白旗を上げたのだから、ルジェ叔父様もこれ以上反対はできないだろう。

そう思い不満そうな顔をするルジェ叔父様に微笑《ほほえ》むが、ゆっくりと口角を上げ獲物《えもの》を狙《ねら》うような瞳《ひとみ》を向けられ背筋が凍《こお》る。

「兄上、久しぶりに手合わせでもどうですか？」

「断る。私とは違《ちが》い、ルジェの剣術《けんじゅつ》の指南役は父上だ。私がお前の相手をできるわけがない」

「昔はよく手合わせをしたじゃないか」

「現役《げんえき》の軍人相手に軽々しく手合わせをするなどと言えるか」

そんな仲睦《なかむつ》まじい会話を聞きながら、私の視線は模擬《もぎ》試合に釘付《くぎづ》けだ。

今日はサーシャとリックも参加しているらしく、遠くから此方《こちら》に向かって手を振っている。いつもならしつこいくらい纏《まと》わりついてくるのに、今日に限って何故《なぜ》そんなに遠くにいるのかと呆《あき》れていたのだが……。

「じゃあ、セレスティーアに相手をしてもらうか」

凄《すご》く不吉《ふきつ》な言葉が聞こえ、今直《す》ぐにこの場を離れなくてはと反射的に身体《からだ》が動いた。

「おっと、逃《に》げるな。兄上はそこで観戦でもしていてくれ」

「……」

完全に逃げ遅《おく》れてしまった。

シャツの首元を摑《つか》まれ、首が絞《し》まる前にルジェ叔父様の手が私の腰《こし》に移動する。

私の叔父であるルジェ・ロティシュは、子煩悩《こぼんのう》な父親で誰《だれ》にでも分け隔《へだ》てなく優《やさ》しい、部下の面倒見《めんどうみ》が良いと大層評判の大佐《たいさ》だ。

――普段《ふだん》は……。

「セレスがお前の相手を？　それなら私が」

「軍学校で後《おく》れを取らないようそれなりに動けるようにはしてある。それに、可愛《かわい》い姪《めい》に怪我《けが》などさせるわけがないだろう？」

「大丈夫《だいじょうぶ》なのか？」

「兄上だってセレスティーアがどれくらい動けるのか確認しておきたいのでは？」

「……それは、そうだが」

そこで迷わないでルジェ叔父様を止めてほしかった。

そっと周囲を窺《うかが》えば、皆《みな》サッと背を向けてしまう。なんて酷《ひど》い奴等《やつら》だ⁉

「手加減は十分にしますよ」

手加減と聞き、どの程度かと期待を込めてルジェ叔父様を見上げた。悩《なや》んでいるのか顎《あご》に手を当てて考えている間に、チラチラと此方を窺っている奴等に目で合図を送る。

「右手のみで！」

「利《き》き腕《うで》じゃ手加減にならねぇだろうが！　左手だろ！」

「怪我させたら反則負けですよ！」

「大佐なら一歩も動かないでいいくらいだろ？　誰か審判《しんぱん》しろ！」

野次《やじ》という名の援護《えんご》を受け、苦笑《くしょう》しているルジェ叔父様から数歩離《はな》れる。

「利き腕は禁止、擦《す》り傷一つでも負け。その場から一歩も動かないでください」

「やられたな……」

「サブ武器もなしですから」

「それも駄目《だめ》なのか」

ルジェ叔父様が腰元に手を当てるのを見てサブ武器があったことを思い出した。一応確認をしておいて良かった。絶対に使うつもりだった……。

「こっちの模擬試合どころではなくなったんですが？」

「悪いな。審判は、リックか？」

「やりますよ。おい、大佐がズルしないよう目を凝《こ》らしておけ！」

わぁっ……！　と大歓声《だいかんせい》を上げた野次馬たちが、距離《きょり》を空けて私とルジェ叔父様を囲むように座る。またお父様が一人輪から外れて立って居るのが今はそれどころではない。

去年まではダミー武器の重量を軽くしていたが、今はそれから卒業し実物と同じ重量の物を使っている。細身の剣は数ある剣の中でも軽くとても扱《あつか》いやすい。握力《あくりょく》も日々鍛《きた》えているのだからそう簡単に負けはしないだろう。

そう自らを奮い立たせなければやっていられない。

リックさんがルジェ叔父様に手渡《てわた》したダミー武器が、重量も刃渡《はわた》りも私の剣の二倍はある大剣と称《しょう》されるものだったからだ……。

ズルしないようにって、その武器こそがズルだから、リックさん！

「審判！　あれは反則でしょ!?」

「普段から愛用している武器だから問題はない。五分は頑張《がんば》れ、セレス」

サーシャが抗議《こうぎ》の声を上げてくれたが、あれで問題ないらしい……嘘《うそ》でしょ？

お父様が顔を真っ青にしてルジェ叔父様に中止を求めるが、それで止まるなら初めからこんなことをするわけがない。

「では、始め！」

リックさんの容赦《ようしゃ》のない開始の合図に剣を構えるが、遅《おそ》かった。

「……うぐっ」

「そこは俺の攻撃範囲内《こうげきはんい》だ」

風を切る音が聞こえた瞬間、目の前に剣身が現れ咄嗟《とっさ》に腕を上げた。

ギリッ……と刃《は》と刃が擦れる耳障《みみざわ》りな音がする。

「うっ……」

払《はら》いたくても重すぎて、徐々《じょじょ》に身体が沈《しず》んでいく。

腕力勝負《わんりょくしょうぶ》じゃ絶対に勝ち目がない……。

「どうした？　もう降参か？」

「……このっ、クソがっ！」

無理矢理《むりやり》横にすり抜《ぬ》け、そのまま勢いよく前へ突《つ》っ込みルジェ叔父様の腹に膝蹴《ひざげ》りを入れるが、上げた足を盾《たて》にして回避《かいひ》されてしまう。即座《そくざ》に後ろに飛び距離を取るが、再び振《ふ》り下ろされた剣を受け損《そこ》ね体勢を崩《くず》して地面に転がった。

「……っは！」

剣を振る速度が速すぎて瞬《まばた》きする間もなく、正直もう既《すで》に腕が痺《しび》れて使い物にならなくなっている。

「あと何分だ？」

「二分です」

国軍大佐の名は伊達《だて》ではない。

土が付いたズボンを手で叩《はた》き、剣を地面に捨て腰からサブ武器を取り出した。

「へぇ……」

私を見て面白《おもしろ》そうに笑うルジェ叔父様《おじさま》を挑発《ちょうはつ》するように鼻で笑い、軽くその場で跳《は》ねたあと、予備動作もなく走り出す。私の頭上目掛《めが》けて振られた剣は敢《あ》えて避《よ》けず、咄嗟に軌《き》道《どう》を変えたルジェ叔父様の腕に短剣の柄《つか》で打撃《だげき》を与《あた》え……握《にぎ》り締めていた土を顔目掛けて投げつけた。

「……なっ⁉　嘘でしょ」

顔を背《そむ》けるくらいはすると思っていたのに、目を細めただけ。

隙《すき》をついてルジェ叔父様の首元に短剣を当てる予定だった私は、呆気《あっけ》なく地面に転がされ逆に剣を突き付けられていた。

「……足を使うとか卑怯《ひきょう》です」

「次からは足も禁止にするんだな。お疲《つか》れ様、セレスティーア。怪我はないか？」

「ありません」

足を引っかけられ転んで終了《しゅうりょう》とか無様すぎる。

「当たり前だが、勝者はルジェ大佐だ」

リックさんの静かな終了宣言と共に、野次馬たちは転がっている私に労《ねぎら》いの言葉を残し訓練へと戻《もど》って行く。

「セレス！」

小さく唸《うな》り声を上げながら空を見上げていると、駆《か》け寄って来たお父様に抱《だ》き締められていた。

「怪我はないか？　どこか痛むところは……ルジェ！」

「軍学校ではこれくらい日常茶飯事《さはんじ》です。分かっていて署名をしたのでは？」

「そうだがっ！」

「兄上。セレスティーアのことに関しては、もう少し慎重《しんちょう》になるべきです」

冷たく言い放ち背を向けたルジェ叔父様を目で追いながら、項垂《うなだ》れ何か思案しているお父様の肩《かた》を叩く。

「そろそろ準備をしなくては夕刻前に此処《ここ》を発《た》てませんよ」

「そうだな」

「見送りには行きます。私はそれまで訓練がありますので、先に戻ってください」

「あぁ……」

「お父様」

「……分かっている」

心ここにあらずのお父様に溜息《ためいき》を吐《つ》き、仕方がないので手を引いて来た道を一緒《いっしょ》に戻って行った。


お父様はお爺様《じいさま》と早めに夕食を摂り暗くならないうちに移動する。順調にいけば九日ほどで目的地に着くらしい。

砦《とりで》の門の前にはロティシュ家の紋章《もんしょう》が入った馬車が一台と、門の外には数十名の護衛が待機している。領主の移動とあって圧巻だ。

見送りは私一人。お爺様とルジェ叔父様はその気になればいつでも会えるからと言っていたが、多分遠慮《えんりょ》してくれたのだと思う。

何だか少し寂《さび》しいな……と、無意識に視線が下がり足元をぼうっと眺《なが》めていれば。

「セレスティーア」

静かな声音《こわね》で名を呼ばれ、恐《おそ》る恐るお父様に視線を戻した。

目尻《めじり》を下げながら微笑《ほほえ》みを浮《う》かべているいつものお父様ではなく、無表情でどこか近寄りがたい雰囲気《ふんいき》にたじろぐ。

「フロイド・アームルとの婚約《こんやく》を、破棄《はき》する気はあるか？」

感情の籠《こも》らない単調な口調で告げられた言葉の意味を理解するのに数十秒は掛かった。

お父様はルジェ叔父様に苦言を呈《てい》されてからずっと考えていたのだろうか？

夕食の席でお爺様に相談している姿を思い浮かべ苦笑《くしょう》する。実はいつ訊《き》かれるのかと待っていたから。

「成人前の婚約は仮婚約とされ、いつでも解消することが可能だ。もし嫌《いや》なら婚約はなかったことにできる」

「……いいえ」

ゆっくりと首を左右に振り真っ直《す》ぐお父様を見上げた。

政略結婚は互《たが》いに利益がなければ成立しない。私は領主となったときに侯爵《こうしゃく》家という強力な後ろ盾《だて》を持ち、爵位を継《つ》げないフロイド様は分家し爵位を下げるくらいならロティシュ家の婿《むこ》になるほうが有益だ。

——それに。

「早くに婚約する必要があったのでしょう？」

何も問題がなければ約束だけ取り付け成人後に婚約でも構わなかったのだから。

「父上から何か聞いているのか？」

「いいえ。ですがそれくらい察することはできます」

「国境沿いにある鉱山の採掘《さいくつ》を国王主導で行っているのだが、それにロティシュ家とアームル家も関わっている」

「あの鉱山は三国が権利を巡《めぐ》って牽制《けんせい》している状態です。それを勝手に採掘などしたら戦争になるのでは？」

「此方側《こちら》にある部分にしか手を出していない。ここ数年砦周辺が騒《さわ》がしかったのはその所為《せい》だ。だが、恐らくスレイランとドルチェも同じことをしている」

「トーラスを拠点《きょてん》として採掘作業を？」

「新たに施設《しせつ》を造らせる必要もなく、この街を護《まも》っているのは国軍だ。引退したとはいえ父上にルジェも居る。これ以上なく良い拠点だろう？」

「それほど希少な物なのですか？」

「あぁ。此方の許可も得ずに、父上はその金属を使った武器や防具の製作に動きだすほどだ。毎回事後報告なものだから、宰相《さいしょう》がまた近いうちに乗り込んで来るだろう」

昨日お爺様に報告がどうのと憤《いきどお》っていたのはこれのことだったのか……。

グッと眉間《みけん》に皺《しわ》を寄せたお父様が「婚約は今の話と関係している」と続け、そこに繋《つな》がるのかと頭が痛くなる。

「これから何十年と採掘していくのであれば、家同士の縁《えん》を深めておく必要がある」

「アームル家との婚約は、将来の後ろ盾程度に思っていました」

「他家からの婚約の打診《だしん》を避《さ》ける為《ため》に、早いうちから婚約しておく必要があったんだ」

鉱山の件を知った上級貴族が狙《ねら》うとしたら、アームル家の次男であるフロイド様よりもロティシュ家の次期当主である私なのだろう。婚約の打診を断り続ければいずれ亀裂《きれつ》を生む。だからこそその芽を摘《つ》む為に早い時期に仮でも良いから婚約をさせた。

「初めから、私に選択肢《せんたくし》などないのでは？」

「……」

「もし今フロイド様との婚約を解消したら、お父様は困ることになるのでしょう？」

「構わない」

フロイド様を好きかと訊かれたらよく分からない。可愛《かわい》らしく笑う姿に何度か心惹《こころひ》かれたこともあったが……多分、もう彼に恋《こい》をすることはないだろう。

それに、この婚約が政治と関《かか》わっていると聞いて我儘《わがまま》を言えるほど子どもではない。

「そもそも、フロイド様とのことはお父様とアームル侯爵様の落ち度です。私が最初に曖《あい》昧《まい》な態度を取ったのも悪かったのでしょうが」

「……」

「婚約はこのまま継続《けいぞく》してください。ですが、フロイド様が家を通して仮婚約を解消する申し出をしてきたら受け入れてください」

大丈夫。これから私はミラベルの予言とは別の人生を歩むのだから。

「セレス……」

「……これを、フロイド様に渡《わた》していただけますか？」

昨夜書いた手紙を取り出しお父様に差し出す。

婚約者であるフロイド様とは向き合うこともせず、一方的に別れを告げ逃《に》げ出したまま。彼の顔を見て話をするのは来年の音楽祭になるだろうから、その前に。

「手紙には学園ではなく軍学校へ入るという旨《むね》を書いておきました。フロイド様はアームル侯爵様から既《すで》に聞いているかもしれませんが、一応私からも報告をしておくべきかと」

「領地へ戻ったら直ぐに届けさせる」

手紙に謝罪の言葉は書いていない。

私にも非があるが、フロイド様にだってある。だからお互い謝罪は顔を見てするべきだろう。

門を出て行く馬車を見送り、気持ちを切り替《か》える為に訓練場へ足を向けた。

外を吹《ふ》く風は肌《はだ》を刺《さ》すような冷たさで、窓を開けていたからか吐く息は白い。ミラベルは、身体《からだ》がすっぽりと包《くる》まるくらい大きな毛皮のショールを口元まであげた。

「寒いから窓を閉めてちょうだい」

暖炉《だんろ》の前に陣取《じんど》り贈《おく》り物として貰《もら》ったネックレスをうっとりと眺めていた母が文句を言う。随分《ずいぶん》とのんびりしているがロティシュ伯爵《はくしゃく》の出迎《でむか》え準備は終えたのだろうか？

「嫌です。理由があって窓を開けているのだから」

「まぁ、まだ機嫌《きげん》が直らないのね。お茶会には出席できたのだから良いじゃない」

そういう問題じゃないのだとクッションに顔を埋《うず》める。


三日前、王太子の攻略《こうりゃく》に必要な王妃様主催《おうひさましゅさい》のお茶会が急遽《きゅうきょ》開催された。

例年と同様であれば社交シーズンを終えると同時に王妃様が開く催《もよお》しも終わりを告げ、また次の年の春の宴《うたげ》から開催される筈《はず》だった。

けれど、今年は少し早まりまだ肌寒い時季からの開催となることが通達され、それに伴《ともな》い領地から一斉《いっせい》に貴族が王都へとやって来た。

慣例を変えてまで行われる特別なお茶会は、王妃様が選んだ特別な人だけが参加できるというもので、どの家の誰《だれ》に招待状が届いたという噂《うわさ》はあっという間に広まった。

「え……招待状があるの!?」

もしかしたらと駄目《だめ》もとで年若い侍女《じじょ》に訊けば、その招待状がセレスティーア宛《あ》てに届いていると言う。流石《さすが》、国王派筆頭は伊達《だて》じゃないと喜ぶが、招待されたのは私ではない。

「……ねぇ、お母様が要《い》らない指輪があるって言っていたの！」

格式のある家にだって必ず一人は欲にまみれた侍女が居る。そういった人間は使い勝手が良く、無害さを装《よそお》って餌《えさ》をちらつかせれば簡単に言うことを聞く。

夜中に招待状を持って来た侍女に指輪を渡して微笑んだ。

伯爵が不在の今、屋敷《やしき》で面倒《めんどう》な人間はブラムだけ。別宅の管理を任されたブラムは忙《いそが》しく、保管されている筈の招待状の中身が無くなっていることに気付かない。彼を見かける度《たび》に無能だと嘲笑《あざわら》い、招待状に記載《きさい》されている期日までにドレスや装飾《そうしょく》品を揃《そろ》えた。

当日は出掛《でか》けるからと馬車を用意させたが、普段《ふだん》から外出しているので誰も疑わない。私が願った通りに事が進んでいくのだと、馬車の中で期待に胸を弾《はず》ませていた。

——それなのに。

春先に開かれる庭園の奥に建てられた広いティーサロン。

王宮内に入る前に招待状を確認《かくにん》され、再度ティーサロンの入り口で招待状の提示と名を告げ中に入った。

入り口から遠く離《はな》れたテーブルは王族席で、その席に近いテーブルには上級貴族の席が用意されている。王宮の侍女に席へと案内されたが、伯爵家であっても上位に位置するロティシュ家の席は王族席から一番近いテーブルに用意されているらしい。

可愛らしい白い丸テーブルには既に招待された令嬢《れいじょう》たちが座って居て、私もロティシュと書かれた小さなネームプレートが置かれた席に座る。

この席なら王太子や第二王子と近く、互《たが》いの顔がハッキリと見えるのでアプローチだってできる！　と心躍《おど》らせていれば……。

「あの、貴方《あなた》は？」

右隣《みぎどなり》に座って居る少女から声を掛《か》けられた。

「初めまして、ミラベル・ロティシュと申します」

年相応の無邪気《むじゃき》な笑《え》みを浮《う》かべながら丁寧《ていねい》に挨拶《あいさつ》をする。この席は上級貴族の子女が揃った席なので、マナーは必須《ひっす》。学園内や王太子妃《ひ》となったときに侮《あなど》られないよう振《ふ》る舞《ま》う必要がある。

「ロティシュ家の」

「はい。本日はお義姉様《ねえさま》の代わりに出席しております」

「セレスティーア様の……？」

右ではなく左隣から訝《いぶか》しむような声が聞こえ、ゆっくりと顔を向けた。

眉間に皺を寄せた少女は私よりも歳《とし》が下か同じくらいに見えるのに、この席で一番女王様然としている。多分この子がこのお茶会では一番身分が高いのだろう。

「代わりと言うのなら、招待状には貴方のお名前ではなくセレスティーア様のお名前が書かれていたのでしょう？」

「はい。ですが、お義姉様は体調が優《すぐ》れず、やむを得なく私が」

「普段であればそれは許されるのだけれど、このお茶会は王妃様が招待した令嬢のみが出席できる特別なものよ？」

「招待状にはそのようなことは書かれていませんでしたよね？」

「時期や規模などを考慮《こうりょ》され、招待客の人数を凄《すご》く少なくされているの。護衛の都合もあるからと、家に招待状を持って行った者がきちんと説明しているはずだわ」

「そうだったのですか……私は、何も聞いていませんでした」

俯《うつむ》きながら弱々しく話し同情を誘《さそ》えば、簡単に……。

「でしたら、王妃様が来られる前に退出をされてはいかがですか？」

「……え？」

「そうですわ。今ならまだお咎《とが》めも受けないでしょうし」

「見つかったら怒《おこ》られてしまいますから」

同じテーブル席の令嬢たちに口々にティーサロンから出て行くように言われる。

周囲から注目を集めるなか黙《だま》って俯いていれば、待っていた通りの展開が訪《おとず》れた。

「騒《さわ》がしいようだが？」

背後から聞こえた息を切らしたような声は何度も飽《あ》きるほど聞いた声。

ほら、私が何かしなくても、こうして助けてくれるヒーローが勝手に現れるの。

煩《うるさ》い口を閉じた令嬢たちにほくそ笑んだあと、そっと顔を上げ振り返った。

「……君は？」

ゲームより少し高い甘めの声、端整《たんせい》な容姿に、艶《つや》のある黒髪《くろかみ》。この国の王太子であるルドウィークの何もかもがゲームのスチルのままで、演技を忘れ見惚《みと》れてしまう。

まだ時間前なのに急いで此処《ここ》へ来たのか、肩《かた》で息をしていたルドウィークが呼吸を整えている姿をまじまじと眺《なが》め、やっぱり王太子よね！　と心の中で歓喜《かんき》する。

メインヒーローとヒロインが恋《こい》に落ちる為《ため》の大切なイベント。

暫《しばら》く見つめ合い、恥《は》ずかしげに視線を逸《そ》らすのに、また目が合う……といったものだった、のに。

「急いで来たのだが、やはり居ないか」

メインヒーローは私ではなくテーブルのネームプレートを一瞥《いちべつ》して、周囲を見回したあと何故《なぜ》か落胆《らくたん》している。どういうことかと様子を窺《うかが》っていれば、やっとルドウィークと目が合った。

「母上は、セレスティーア嬢を招待したと言っていたのだが」

それなのに、予想とは違《ちが》いジッと冷たく見据《みす》えられ、慌《あわ》てて「あの、違うのです」と言い訳を口にする。

「違う？　その席はセレスティーア嬢の席だろう？」

ルドウィークの口から何度も出るセレスティーアの名前に疑問を持ちながらも、胸元《むなもと》で両手を握《にぎ》って潤《うる》ませた瞳《ひとみ》で彼を見上げた。

「私、招待された人しかお茶会に出席できないなんて知らなくて。お義姉様から代わりに出席するように頼《たの》まれただけなのです」

「本当に、本人に頼まれたのか？」

「はい。私が出席しても良いのかと悩《なや》んだのですが、お義姉様が大丈夫《だいじょうぶ》だからと」

「今回は母上が急遽開催されたお茶会なので、招待状は七日前くらいに王都の各家に届けられたはずだ。それなのに、セレスティーア嬢と連絡《れんらく》を取れたのか？」

連絡？　と疑問符《ぎもんふ》が頭の中を飛び交《か》うが、セレスティーアは領地で療養《りょうよう》中だという設定を思い出し、取り敢《あ》えず曖昧《あいまい》に微笑《ほほえ》んでおく。

療養中という言葉は病気や怪我《けが》といったことだけではなく、他《ほか》に何か人に言えないような事情があったときにも使われるもの。他家の事情に首を突《つ》っ込むのは無粋《ぶすい》となるので、こうして答えずに微笑んでいても問題はない。

「あの、どうかお義姉様を許してあげてください。代理の者は出席できないと招待状には書かれていなくて、だから、すみません……」

取り敢えず全《すべ》てセレスティーアのせいにすれば大丈夫。彼女の婚約者《こんやく》であるフロイドだって私を擁護《ようご》するのだから、優《やさ》しい王太子なら委縮して今にも泣き出しそうな私を庇《かば》って慰《なぐさ》めてくれるはず。

だってこれは、私の為に用意されたイベントなんだから！

「で、君は誰なんだ？」

それなのに、変わらず視線は冷たいまま問われた言葉に一瞬《いっしゅん》耳を疑った。

「先程《さきほど》のように、また答えてもらえないのだろうか？」

「い、いえ、ミラベル・ロティシュと申します」

「あぁ、君が……」

私の存在を知っていたかのような口ぶりに首を傾《かし》げれば、ルドウィークはふっと口角を上げ、ゲームでは見せたことのない薄《うす》ら笑いを浮かべた。

「名は聞かなかったことにしよう。招待されていないのだから帰ると良い」

どういうこと……？　今、何が起きているのよ。

「私、あの」

ルドウィークに向かってそっと伸《の》ばした手は空を切り、私に背を向けティーサロンを出て行く彼の姿をただ唖然《あぜん》と眺めていた。

王太子に冷たくあしらわれ、他の令嬢たちからは失笑《しっしょう》され、最悪のお茶会だと逃《に》げるように王宮を出て屋敷《やしき》へ戻《もど》れば、玄関《げんかん》口にはあの陰険執事《いんけんしつじ》が立って居た。

「この件については、当主様がお戻りになってから処罰《しょばつ》が与《あた》えられるかと」

処罰って何よ……私はヒロインで、私の為のイベントに行っただけ。

セレスティーアも王太子も、執事も、もう、腹が立つ！

「あとで泣いて謝ったって許してあげないわ……」

抱《かか》えていたクッションを床《ゆか》に投げつけると、窓の外から待ち侘《わ》びていたものが見えた。

「お義父様《とうさま》が帰って来たみたい」

「寒いのに窓を開けていると思ったら、旦那様《だんなさま》を待っていたの？　セレスティーアは一緒《いっしょ》に居るのかしら？」

馬車から降りてきたのは伯爵《はくしゃく》一人だけ。絶対に連れて帰ると約束したのに、失敗したのだろうか……。

「役立たず」

綺麗《きれい》に整えられた爪《つめ》を噛《か》みながら呟《つぶや》くと、招待状を盗《ぬす》んでくれた年若い侍女《じじょ》がぞんざいに扉《とびら》を開けた。

「ミラベルお嬢様《じょうさま》、奥様。ブラム様が……！」

「ブラムがどうかしたの？」

「はい。お二人共、当主様の執務室《しつむ》に来るようにと」

「どういうことかしら？　取り敢えずブラムを中に入れなさい」

「いえ、その、それだけ言ってお戻りになりました」

「何ですって……!?」

帰って来て早々に呼びつけるということは、招待状の件の他にも何かあったのかもしれない。伯爵の用件が良いことか悪いことかはさておき、呼ばれたからには向かわなくては。

「お母様、お義父様も疲《つか》れていらっしゃるのですから、直《す》ぐに向かいましょう？」

「そうよね、ミラベルは本当に良い子だわ」

羽織っていた毛皮のショールを椅子《いす》に向かって放《ほう》り投げ、クローゼットから薄手《うすで》の地味なストールを取り出す。

母と侍女は何故換《か》える必要があるのかと首を傾げているが、これでいい。

特注で作らせた物なんて一目でわかってしまう。幾《いく》ら伯爵が女性の持ち物に無頓着《むとんちゃく》とはいえ、流石《さすが》にセレスティーアでさえ持っていない高価な物を私が身に纏《まと》っていたら、何か思うことがあるかもしれないものね。

だから、伯爵の溺愛《できあい》ルートに入るまでは自重する必要がある。そう慎重《しんちょう》に動いていたのに、どうしてこうなったのだろうか……。

母と一緒に執務室を訪《おとず》れてみれば、執事を従えた伯爵が冷たく私たちを見据え、挨拶《あいさつ》する時間さえ与えずただ一言だけを口にした。

「座りなさい」

どうして良いか分からず言われた通り対面のソファーに座り、大人しく口を閉じて待つことにする。機嫌《きげん》が悪いわけではなさそうだが、こんな伯爵なんて見たことがないのでどうにも戸惑《とまど》ってしまう。

「急に呼び出した用件は、分かっているか？」

「お義父様……すみませんでした！」

私に向けられた厳しい視線に気付き、お茶会のことかと察した私は、叱咤《しった》される前に謝罪の言葉を口にした。

「私、招待されていたのがお義姉様《ねえさま》だと知らなかったのです」

「どういうことだ？」

「最近親しくしている侍女が招待状の中身だけを持って来て、私が王妃様主催《おうひさましゅさい》のお茶会に招待されているのに、それを隠しているのだと……私が、養女だからって」

追及されたときの答えは予め用意してある。家の馬車を使って王宮へ向かったのだから隠しきれるわけもなく、全て侍女に擦《なす》り付けられるようにしてあった。

「手紙には日にちと時間しか書かれていなくて、それで……騙《だま》されてしまいました」

「侍女がミラベルを騙す理由が見当たらないのだが？」

「実は、彼女がお母様の装飾品《そうしょく》を盗んでいるところを見てしまったのです！」

「……ソレイヤ、何か無くなった物はあるのか？」

「無くなった物というか、見当たらない物なら、指輪が一つ」

「ブラム、あとでその侍女を調べるように」

「畏《かしこ》まりました」

侍女が何を言ったところで証拠《しょうこ》となる指輪があるのだから大丈夫。

寧《むし》ろ、招待されていないお茶会に出席するリスクを考えれば、普通《ふつう》はどんなに参加したくても私のようなことはしないだろうし。

「次からはブラムに確認《かくにん》するように」

「はい」

納得《なっとく》はしていないようだがこれ以上のお咎《とが》めはないらしい。

「あの、お義姉様は？」

　この空気に委縮している母の代わりに訊《き》いただけなのに、何故《なぜ》か伯爵は眉《まゆ》を顰《ひそ》める。普段ならもっと柔《やわ》らかな笑《え》みを向けてくれるのに……やっぱり、何か変だわ。

「セレスティーアはトーラスに残り、軍学校に入ることになった」

「旦那様!?　貴族の令嬢が軍学校なんて、どうして止めなかったのですか！」

「本人が望んだことだ」

「ですが、社交界で何と言われるか」

　余程ショックを受けたのか母は額に手を当てソファーに身を沈《しず》めてしまい、冷たさが増した伯爵の眼差《まなざ》しに気付いていない。

「セレスがどう噂《うわさ》されようと、ソレイヤには関係のないことだろう？」

「関係がないなんて……」

「ミラベルにはまだ言っていなかったな」

　急に矛先《ほこさき》を向けられ、表情を取り繕《つくろ》う間もなく笑みが引き攣《つ》る。ストールをギュッと握《にぎ》り締《し》め、上目遣《うわめづか》いに伯爵を窺《うかが》いながら必死に考えを巡《めぐ》らせるが、何が起きているのかさっぱり分からない。

「何を、でしょうか？」

「私とソレイヤは契約《けいやく》結婚だ。ミラベルが嫁《とつ》ぐのを見届けたら婚姻《こんいん》関係を解消することになっている」

母から聞いていたから知っている。敢《あ》えて知らない振《ふ》りをしていたのは、その方が都合が良かったから。

私に契約結婚だと告げたのは、本物の家族ではないと明確に線引きをしたようなもの。

父親を亡《な》くした幼い子どもにそんな酷《こく》なことを言うような人ではないと思っていたのに、どうやら考えが甘かったらしい。

「お義父様は、私のことがお嫌《きら》いなのですか？」

唇《くちびる》を噛み締め涙《なみだ》を浮《う》かべる。可哀想《かわいそう》な子どもを演じることなんて簡単。たったこれだけで同情を買い、不都合なことがあっても誤魔化《ごまか》せる。

だから、葬儀《そうぎ》場で私の父と親友だったと涙を流した伯爵なら、直ぐにでも手を差し伸べてくれなくちゃ駄目《だめ》なの……。

「事実を述べたまでだ。私の妻は生涯《しょうがい》ただ一人、リュミエだけだからな」

「私はお義父様を本当のお父様のように慕《した》って」

「すまないが、私の娘《むすめ》はセレスティーアだけだと覚えておいてくれ」

言葉を遮《さえぎ》られ有無《うむ》を言わせず一方的に拒否《きょひ》された。

「ソレイヤ」

「……はい」

「先日、領主夫人宛《あ》てに贈《おく》り物が届いたそうだな？」

私の肩《かた》に置かれていた母の手が震《ふる》え、母の首元にあるネックレスが揺《ゆ》れた。

「どうやら先方が勘違《かんちが》いしたようだ。詳細《しょうさい》を記した手紙と共に送り返すので、あとでブラムに渡《わた》すように」

「か、畏まりました……」

「それと、ミラベル」

まだ何かあるのかと身構えながら伯爵《はくしゃく》へと視線を戻《もど》し、首を傾《かし》げ微笑《ほほえ》む。

「今迄《いままで》セレスとフロイドに同行させていたが、それはもうしなくて良い」

上手《うま》く笑えているだろうか？　ムカツクことばかりでちっとも面白《おもしろ》くないのに、こんなときでも可愛《かわい》いヒロインは笑顔でいなきゃならない。

そもそも、あの二人に私が同行していたのは、伯爵の意向だと母から聞いていた。だったら私は何も悪くないわ。

「どうしてですか？」

フロイドの攻略《こうりゃく》は至極《しごく》簡単。ロティシュ家を訪れたフロイドと偶然《ぐうぜん》出会い挨拶を交《か》わすことから始まる。挨拶イベントを何度も繰《く》り返し好感度が上がれば、あとはフロイドから話し掛《か》けてくるのを待つだけ。ゲームでは移動場所の選択《せんたく》を庭園かテラスにするだけの作業だけど、現実はそうはいかない。そこに辿《たど》り着くまでにセレスティーアの侍女をどうにかする必要があった。

偶然を装《よそお》って顔を合わせるのにも苦労し、強行突破《きょうこうとっぱ》すれば私の評判が下がる。

だから二人に同行するよう言われたとき、どうやってフロイドに近付こうかと思っていた私にとっては降って湧《わ》いた幸運だった。

毎回二人に話し掛けている振りをしながら、その実セレスティーアが話に入りづらい話題を出す。貴族の令嬢《れいじょう》らしくプライドが高いのか、顔を顰《しか》めるだけで無理に入ってこようとしない。フロイドが話題を提供したときは必ず「お義姉様はつまらないのですか？」と問いかける。その一言だけで妙《みょう》な空気となり、時折恨《うら》めしげに見てくるセレスティーアに怯《おび》えて見せればもう完璧《かんぺき》。二人の関係は面白いくらいにどんどん悪化していった。

私は伯爵に頼《たの》まれて一緒《いっしょ》に居てあげるだけ。ぎこちない二人の為《ため》に話題を提供して、まだ幼いからお義姉様の婚約者との距離感《きょりかん》も分からない。

そんな立ち位置で今迄上手くやってきた……それなのに、もう必要ない？

ついこの間までは私に感謝していたくせに、たったの数ヵ月でここまで変わるなんて変だわ。

もしかしたら、セレスティーアが伯爵に何か言ったのでは？

「あと数年もすれば二人は成人する。それなのに、いつまでもミラベルに頼《たよ》ってはいられないだろう」

「私は構いません。お義姉様が結婚するまではお側《そば》に居たいのです」

「いや、もう幼い子どもではないのだからそろそろ離《はな》れるべきだ」

「お義姉様が、嫌《いや》がったのですか？」

「何故そう思ったんだ」

「ただ、私には何も言わず何処《どこ》かへ行かれてしまったので、嫌われているのかと」

「そうではない。これは私が判断したことだ」

「それなら、仕方がありませんね」

　コクンと頷《うなず》き小さな声で了承《りょうしょう》の返事をすると、母は私が悲しんでいるとでも思ったのか
「旦那様《だんなさま》……！」と伯爵を責める。

　別に悲しくもないし腹も立てていない。こうなることも予想はしていたから。

　もし私がセレスティーアの立場なら、自分の不吉《ふきつ》な未来を予言だなどと言い嘲笑《あざわら》う義妹《ぎまい》なんてそうそうに排除《はいじょ》する。先《ま》ずは父親に告げ口が常套手段《じょうとうしゅだん》だ。

　そう、何年も黙《だま》っていたセレスティーアがおかしいだけ。

「ミラベル」

　冷たい声で名前を呼ばれ、わざとらしくならないよう肩を震わせながらそっと顔を上げた。

「セレスが軍学校に入ることを知っていたのか？」

　全く意味の分からない質問。

この場でこの質問の意図が分かっているのは、私だけ。

「いいえ、知りませんでした」

「……そうか」

一瞬《いっしゅん》だけ見せた伯爵の安堵《あんど》した顔で確信した。伯爵はセレスティーアから予言について聞いたのだ。

魔法《まほう》も特別な能力もないこの世界に予言なんてものはなく、まだ半信半疑だからこそこうして私にお粗末《そまつ》な探《さぐ》りを入れたのだろう。

「最後になるが、領地へ戻ったら二人の部屋は本邸《ほんてい》ではなく離れへと移すことにした」

「どうして離れに……」

「どうやら屋敷《やしき》で働く者たちの中に、誰《だれ》に仕えなくてはならないのか分かっていない者がいるようだからな。それに、屋敷の者たちだけではなく、社交界で会う貴族にも勘違いされては困るだろう？」

隣《となり》に座る母の肩が跳《は》ね、自然とネックレスへと手を動かす。

「それと、今迄二人に渡していた資金はブラムが管理することになった。そして、公《おおやけ》の場やそれ以外でも、ロティシュの姓《せい》を名乗ることを禁止する」

絶句する母と私などお構いなしに話を締めくくった伯爵。

伯爵の溺愛《できあい》ルートはまだ挽回《ばんかい》の余地があると思っていたのに、期待すら与《あた》えられずバッサリと切り捨てられた。

「また窓の外を見ているの？」

自室に戻ってジッと窓の外を眺《なが》めていたからか、付けていたネックレスを箱にしまっていた母が隣に立った。

「何を見て……あら、あそこに居るのはブラムじゃない？　何をしているのかしら？」

寒空の中、侍従《じじゅう》と立ち話をしているブラム。侍従の恰好《かっこう》からしてこれからお使いにでも出掛けるところだろう。

「何か面白いの？」

面白いことなんて何もない。本邸からは追い出され、お金は管理され、ロティシュと名乗れなければただの平民。思い通りにいかず言いようのないほど腹が立つ……！

「ただ景色を見ていただけです」

ブラムが胸元《むなもと》から何か小さな物を取り出して侍従に渡す。多分あれは手紙だ。

伯爵が手紙を出すとしたら明日の早朝か、急ぎなら侍従に任せないでブラム本人が手紙を届けるはず。屋敷の門の前に小さな馬車が停《と》まっているということは、郵便配達所ではなく、この王都の何処かの別宅へ直接届けさせるのだろう。

手紙の送り主がセレスティーアだとすれば、受取人はフロイドかもしれない。

好き勝手に生きている悪役令嬢が憎《にく》くてたまらない。

「……情けなんてかけてあげないから」

今私が味わっているこの腹立たしさを、いつか倍にしてセレスティーアに返してやる。


通路を歩きながらルドウィークが窓の外へ目を向けると、積もっていた雪はいつの間にか解け庭園には色とりどりの花が咲《さ》いていた。楽しい日々は過ぎるのが早く、これからの日常は代わり映《ば》えのしない酷《ひど》く退屈《たいくつ》なものとなっていく。

「そう、うまくはいかないいな」

砦《とりで》から戻ってきたルドウィークとレナートの話を聞き、母である王妃《おうひ》が慣例を無視して開いたお茶会はセレスティーアの為に開かれたものだった。

急遽《きゅうきょ》開かれるものだし、砦から王都までの距離《きょり》を考えれば出席できるわけがない。そう思ってはいても、王妃からの招待であれば……と妙な期待を抱《いだ》いていた。

当日、招待客の参加名簿《めいぼ》を見て思わず駆《か》け出していた。あの少し頬《ほお》を膨《ふく》らませて不貞腐《ふてくさ》れた顔で文句を言う姿を想像しただけで笑い声が漏《も》れた。

　だが、実際会場に居たのはいつもの顔触《かおぶ》れと異分子だけ。セレスティーア・ロティシュ宛《あ》ての招待状を奪《うば》い、図々《ずうずう》しくも王城へ遣《や》って来た彼女の義妹。

　期待した分だけ反動は大きく、時折こうして思い出してはまた落ち込む。

「セレスが側に居れば、愉快《ゆかい》な毎日が送れたのだろうな……」

　だからこそ、ただの独り言であり、戯言《たわごと》でもあった。

「でしたら側に置けば良いのでは？　まだ仮婚約でしょうから間に合いますよ」

　背後を歩くアルトリードが事もなげにそう口にし、普通《ふつう》は聞こえない振《ふ》りをするものだろうと眉《まゆ》を顰《ひそ》めた。

「セレスは……親友だ。馬鹿《ばか》なことを言うな」

「馬鹿なことでしょうか？」

「あのロティシュ家の跡継《あとつ》ぎだぞ？」

「ロティシュ家の現当主の弟であるルジェ・ロティシュには、息子《むすこ》が二人います。家はそのどちらかに継《つ》がせれば問題はないかと」

「……問題だらけだ。そもそも、セレスは家を継ぐ為にあれほどの努力をしているのだからな」

「いつ戦争が起こるか分かりませんからね。王妃になるお方も剣《けん》を扱《あつか》える必要があるかもしれません」

「母上は剣など持ったこともないが……？」

「ロティシュ家なら国王陛下がお喜びになるかと」

「父上の為《ため》に婚姻《こんいん》する気はない」

「では」

もう黙れという意味を込めて右手を上げ、アルトリードの言葉を遮《さえぎ》った。

この場だけの冗談《じょうだん》だとしても、下手な相手に聞かれでもしたら面倒《めんどう》なことになる。色々理由をこじつけたところで、セレスを婚約者にする気がないのだからこの話は止めるべきだろう。

反対側から駆けて来る小さな姿を見つけ。

「私はレナートに幸せになってほしい」

微笑《ほほえ》みながら囁《ささや》いた。

エピローグ

「お嬢様《じょうさま》、荷物と郵便物が届いております」

早朝訓練を終えて一旦《いったん》部屋へ戻《もど》り、急いで食堂へ向かう前に侍女《じじょ》から呼び止められた。

ここ二年で私宛てに届いた物はお父様からの手紙だけで、手紙よりも大きな四角い封筒《ふうとう》と小型の荷物に眉を顰める。

「間違《まちが》えては……いないな。私の名前が書かれている」

先ずは封筒からだとペーパーナイフで開いて中身を取り出し、それを頭上へと掲《かか》げその場で飛び跳ねた。

「書類！　軍学校への入学を許可しますって！」

「お嬢様!?」

侍女の叫《さけ》び声を聞きピタッと動きを止め、怒《おこ》られる前に荷物へと手を伸《の》ばす。大きさに反して軽い荷物は片手で持てるほどで、中身は何かと揺《ゆ》らしながら窓際《まどぎわ》にある机に腰掛《こしか》けた。

「お嬢様。お座りになるなら、あちらのソファーに」

「ソファーだと身体《からだ》が沈《しず》むから力が入らないんだ……っと」

頑丈《がんじょう》に梱包《こんぽう》された荷物を太腿《ふともも》の上に載《の》せ、腰元《こしもと》に備えている短剣を使って包装を剝《は》がしていく。

何の変哲《へんてつ》もない、どこにでもある四角い箱を開けると、中には手触《てざわ》りのよさそうな袋《ふくろ》と、その袋の上にサシェとメッセージカードが添《そ》えられていた。

「良い香《かお》りだ」

サシェは乾燥《かんそう》させたハーブや花と小さな袋があれば簡単に作れる物だが、意外と平民よりも貴族女性に人気がある。レースや飾《かざ》りを付けた袋に好きな花を入れ持ち歩くのだが。

「飾りもなく、レースでもないな」

ただの灰色の袋。

そのはずなのに、光沢《こうたく》、滑《なめ》らかな肌触《はだざわ》り、生地《きじ》を擦《こす》り合わせると鳴る独特の音。

「……シルクだろうか？」

「恐《おそ》らく、シルクではないかと」

侍女と数秒見つめ合い、この袋ひとつでどれだけ価値があるのかと恐ろしくなり、サシェをそっと机の上に避難させた。

「いったい、誰《だれ》がこんな物を送りつけて……」

カードを手に取り、隅《すみ》に書かれていた差出人の名を目にして納得《なっとく》した。

『貴方《あなた》の進む道に、幸多《さち》からんことを』

短い言葉だが、彼の気持ちはちゃんと私に伝わった。

ルドウィークという文字の下に、まだ何か書いてあるのを見つけ数度瞬《まばた》きする。

「追伸《ついしん》……？」

「サシェの中身は、レナートが摘《つ》んだ花らしい」

王子が自らの手で摘んだ花なのだから、その袋よりも価値がある！　と侍女と笑い合い、本命の袋へと手を伸ばした。

「革《かわ》の手袋《てぶくろ》か」

王都にある有名な服飾《ふくしょく》店のマークが刺繍《ししゅう》された袋には、ファーが付いた黒い革の手袋が入っていた。

「使うのは勿体《もったい》ない気がするが……」

「実用的な物のようですし、軍学校の遠征《えんせい》でお使いになったらよろしいかと」

「直《す》ぐに駄目《だめ》になりそうなんだが」

「お嬢様に使っていただくために贈《おく》られた品なのですから、飾っているほうが勿体ないことでございます」

そう口にした侍女の視線は、私が腰掛けている机へと注がれた。

そこには、髪飾《かみかざ》りと、乾燥させた花束が置かれている。

「二人の進む道にも、幸多からんことを」

そう呟《つぶや》き、大切な物がまたひとつ増えたと、髪飾りと花束の側《そば》に手袋を置き微笑んだ。

あとがき

初めまして、雪《ゆき》です。

この度《たび》は『婚約破棄《こんやくはき》され捨てられるらしいので、軍人令嬢《れいじょう》はじめます』をお手にとっていただき、ありがとうございます。

この作品は、悪役令嬢と軍人という妙《みょう》な組み合わせを思いつき、短編として書いていたものでした。それが色々と調べているうちに楽しくなってしまって、短編の文字数ではないぞ？　と長編へと変えたものです。

主要人物達はそのまま、そこに長編用に新しく作ったキャラクター達を加えて一心不乱に書いていたものがこうして一冊の本になったことに驚《おどろ》きつつ、とても嬉《うれ》しく思っています。

物語は主人公であるセレスティーア自身の成長や、新天地で出会った人々との繋《つな》がり、軍学校に入るまでの障壁《しょうへき》など、貴族令嬢ものとは思えない内容となっていますが、沢山《たくさん》の経験を経て変わっていくセレスティーアの姿を楽しんでいただけたら幸いです。

麗《うるわ》しいと可愛《かわい》いが合わさった素敵《すてき》なイラストを描《か》いてくださったノズ先生、ご指導くださった担当様、この作品に関《かか》わってくださった多くの皆様《みなさま》、そして、この本を最後まで読んでくださった皆様に、心より感謝申し上げます。

またこうしてお会いできたら嬉しいです。

雪

BEANS BUNKO

「婚約破棄され捨てられるらしいので、軍人令嬢はじめます」の感想をお寄せください。
おたよりのあて先
〒102-8177　東京都千代田区富士見2-13-3
株式会社KADOKAWA　角川ビーンズ文庫編集部気付
「雪」先生・「ノズ」先生
また、編集部へのご意見ご希望は、同じ住所で「ビーンズ文庫編集部」
までお寄せください。

婚約破棄《こんやくはき》され捨《す》てられるらしいので、軍人令嬢《ぐんじんれいじょう》はじめます

雪《ゆき》

角川ビーンズ文庫　23617

令和5年8月1日　初版発行

発行者――山下直久
発　行――株式会社KADOKAWA
〒102-8177　東京都千代田区富士見2-13-3
電話 0570-002-301（ナビダイヤル）
印刷所――株式会社暁印刷
製本所――本間製本株式会社
装幀者――micro fish

●お問い合わせ
https://www.kadokawa.co.jp/（「お問い合わせ」へお進みください）
※内容によっては、お答えできない場合があります。
※サポートは日本国内のみとさせていただきます。
※Japanese text only

ISBN978-4-04-113591-4C0193 定価はカバーに表示してあります。

魔力の少ない落ちこぼれのメラニーは一方的に婚約を破棄され、屋敷の書庫にこもっていた。だが国一番の宮廷魔術師・クインに秘めた才能――古代語が読めることを知られると、彼の婚約者（弟子）として引き取られ!?

●角川ビーンズ文庫●

姉に悪評を立てられましたが、
何故か隣国の大公に
溺愛されています
自分らしく生きることがモットーです
悪評ばかりの公爵令嬢、
それが真実ではないと見抜いたのは
隣国の大公でした
著／咲宮《さきみや》　イラスト／あのねノネ

冷酷公爵に
嫁がされたはずが、
ツンデレな子犬に
溺愛されています
冷酷と悪名高い公爵様の正体は――
ツンデレわんこでした!?
著／佐崎《ささき》　咲《さき》　イラスト／綾北《あやきた》まご
貧乏伯爵令嬢・ジゼルは、突然の王命で
若き公爵・クアンツに嫁がされる。
絶世の美男子ながら冷酷と噂の絶えない彼のもとへ、
失意の中向かったジゼルだったが……
彼女を迎えたのは、もふもふのかわいらしい子犬で!?
好評発売中!!!

●角川ビーンズ文庫●

幼い頃の初恋を胸に、ある「夢」を追いかける公爵令嬢・シシリー。
でも王太子の婚約破棄騒動など次々と邪魔が入り……って
私が解決するしかない、だと!?
史上最高にピュアな黒幕令嬢の華麗なる暗躍！

好評発売中！

●角川ビーンズ文庫●

乙女ゲームの悪役令嬢コーデリアに転生した加奈は、婚約者がヒロインに心奪われる時まで、最愛の推しである彼との幸せな日々を送ることを誓う。しかし、前世の知識で尽くすうち、彼の様子がおかしくなってきて……？

好　評　発　売　中　！

●角川ビーンズ文庫●

回
角川ビーンズ小説大賞
原稿募集中!
君の"物語"がここから始まる!
https://beans.kadokawa.co.jp
詳細は公式サイトでチェック!!!
【一般部門】&【テーマ部門】
賞金 大賞100万円
優秀賞30万円
他副賞
締切 3月31日
発表 9月発表(予定)
イラスト／紫 真依